AF235085

Das Schönste, was wir erleben können,

ist das Geheimnisvolle

Albert Einstein

Das obige Bild und das Titelbild sind von Christa Wüpping, Bocholt, gemalt worden. Danke liebe Christa.

Christine, eine Frau Mitte vierzig, besinnt sich auf ein altes Familienerbe und als sie das Gut besucht, lässt es sie nicht mehr los. Gemeinsam mit ihrem Mann Max und vielen treuen Helfern restauriert sie das Haus und erlebt die gespeicherten Informationen des Hauses und die Gefühle der früheren Bewohner über einige Jahrhunderte.

Unsere Ahnenlinie lässt sich oft weit zurückverfolgen. Sind wir auch mit unseren Ahnen über den Tod hinaus verbunden?

Nehmen sie manchmal Kontakt mit uns auf?

Ein altes Grundstück, ein altes Haus, eine alte Familiengeschichte. Inwieweit beeinflusst die alte Familiengeschichte das eigene Leben?

Warum muss ich auf einmal unbedingt etwas erledigen, obwohl ich mir nie Gedanken darüber gemacht habe? Erhielt ich einen Impuls? Wenn ja, woher kam dieser Impuls?

Der Roman ist frei erfunden.

Ruf der Ahnen

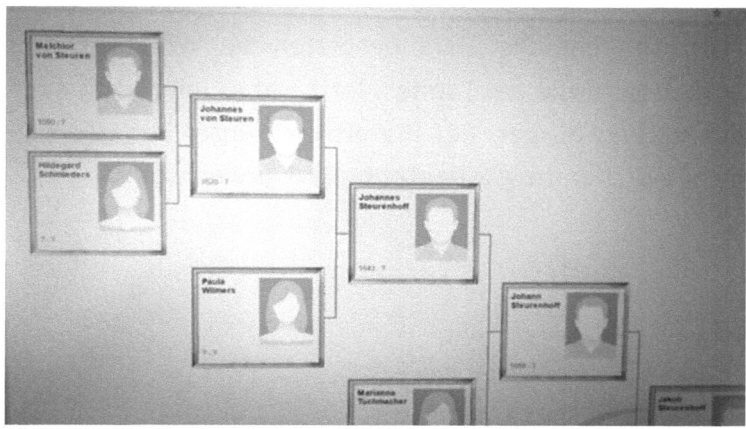

Anno 1667 in Steinbachtal in der Nähe von Würzburg.

Der Dreißigjährige Krieg hat Spuren im ganzen Land hinterlassen. Von 1618 bis 1948 wurde geplündert, gemordet und geschändet. Ein Territorialkrieg im Römischen Reich und Europa. Die Katholische Liga (u.a. Herzogtum Bayern, Kurfürstentum Köln etc.) und der Habsburger Kaiser gegen die Protestantische Union (u.a. Pfalz, Kulmbach, Hessen-Kassel etc.) Die Habsburger Mächte Österreich und Spanien gegen Frankreich,

Niederlande, Dänemark und Schweden. 6 Millionen Menschen ließen ihr Leben.

Am 15. Oktober 1631 nahmen die Schweden die Stadt Würzburg ein. Bis 1634 besetzten sie Würzburg und andere Bereiche des Landes. Jetzt traf es mit Macht auch die reichen Bürger. Für die armen Bürger änderte sich nicht viel, nur die Ausbeuter hatten gewechselt.

1649 begann im Land die Neuorientierung und der Aufbau. Die Zerstörungen im ganzen Land mussten beseitigt werden. Neue Häuser wurden errichtet, andere notdürftig repariert.

Marianna und Johannes von Steuren lebten außerhalb von Würzburg in einem angrenzenden, stark bewaldeten Gebiet, dem Steinbachtal. Sie wohnten nach ihrer Heirat vor zwei Jahren – Anno 1665 - noch bei Johannes Eltern in einem großen, herrschaftlichen Haus, das 1649 vollständig restauriert wurde. Während des Krieges musste das Haus zu viele Angriffe über sich ergehen lassen. Aber jetzt erstrahlte es in neuem Glanz. 1667 erhielt Johannes' Vater für seine Vaterlandsdienste vom Grafen Ländereien eines enteigneten Bauern. Dem Bauern hatte man den Prozess gemacht, weil er nicht in der Lage war, seine Steuern zu zahlen. Dieses Land übergab Johannes' Vater, der ebenfalls den gleichen Vornamen Johannes trug, seinem erstgeborenen Sohn, damit dieser darauf sein eigenes Haus bauen konnte. Marianna war im 8. Monat schwanger mit Zwillingen. Die Hebamme hatte es erst jetzt ertasten können, dass da zwei Kinder im Bauch heranwachsen. Der dicke Bauch hat es bisher nur vermuten lassen, dass gleich zwei Erben auf die Welt kommen würden. Die Eltern von Marianna und Johannes haben die beiden zusammengeführt. Wenn sich Johannes geweigert hätte,

Marianna zu ehelichen, dann hätte es für die Familie noch eine andere Wahl gegeben. Marianna war vermögend, jung und bezaubernd anzusehen. Schon beim ersten Treffen war es für Johannes klar, dass Marianna seine Frau wird. Marianna allerdings hatte ihre Liebe schon an einen anderen jungen Mann vergeben. In dem sie Johannes heiratete, fügte sie sich aber in ihr Schicksal. Im Nachhinein jedoch musste Marianna zugeben, dass Johannes keine so schlechte Wahl war.

Im Frühsommer des Jahres 1667 wurde der erste Grundstein für das neue Herrenhaus gelegt. Sieben Arbeiter erschienen an dem sonnigen Tag auf dem Gelände, wo noch ein altes Holzhaus stand. Das Holzhaus sollte vorübergehend als Schuppen und Rückziehort für die Arbeiter erhalten bleiben und das Herrenhaus entstand direkt dahinter. Eine Allee aus Obstbäumen säumte den Weg bis zum Holzhaus. Weiter hinten im kleinen Wäldchen war ein kleiner Friedhof angelegt. Dort waren seit über 100 Jahren die Familienmitglieder des Bauern beerdigt worden. Dieser Friedhof sollte jetzt dem übergroßen Garten weichen, den Marianna unbedingt anlegen wollte.

Marianna hatte schon einen Plan für den Garten entworfen und war damit beschäftigt, Möbel anfertigen zu lassen und Stoffe auszusuchen. Johannes traf sich täglich mit einem Baumeister, der die Vorstellungen des jungen Ehepaares umzusetzen hatte.

Die Arbeiter werkelten hart, sechs Tage die Woche und vierzehn Stunden am Tag. Sie nächtigten in dem alten Holzhaus, damit sie die zum Teil langen Wege zum eigenen Zuhause nicht antreten mussten. Ein Künstler wurde engagiert, der im großen Empfangszimmer eine Wand mit einer Landschaft versehen sollte. Im Keller wurde ein kleines Rückziehzimmer in der Größe eines Schrankes gebaut, das bei drohender Gefahr Schutz bieten sollte. Damit der Raum nicht sofort entdeckt wird, wurde vor der Tür ein Schrank zu Aufbewahren von Wertsachen gestellt. Falls Jemand die Wertsachen sichten würde, wäre er abgelenkt. Niemand würde hinter den Wertsachen noch einen kleinen Raum vermuten.

Als das Haus fertig war, zog für sechs Monate über den Winter eine Familie ein, die das Haus von Feuchtigkeit befreien sollte und den Garten anzulegen hatte. Erst danach wurde das Haus gesäubert und eingerichtet, damit Johannes und Marianna mit den bereits geborenen Zwillingen dort einziehen konnten. Marianna hatte ein Mädchen und einen Jungen geboren. Zuerst kam das Mädchen zur Welt und fünf Minuten später der Junge. Zur Unterscheidung von den Eltern wurden das Mädchen Marianne und der Junge Johann genannt. Es war eine sehr schwierige Geburt. Mariannas Gebärmutter wurde beschädigt und sie verlor sehr viel Blut. Die Hebamme sagte ihr, dass sie evtl. keine Kinder mehr austragen könne.

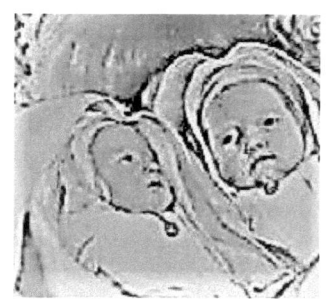

Marianne und Johann

Es verging kaum ein Jahr, da erkrankte das Zwillingsmädchen Marianne an einer Lungenentzündung und verstarb. Auf dem Gut legte man einen neuen Friedhof an und errichtete eine kleine Kapelle. Marianna legte ihrem kleinen Liebling ein Amulett um den Hals. Auf dem Amulett waren ein kleines M, V und S und Teile aus dem Wappen der Familie zu sehen. Es bestand aus hochwertigem Gold mit einem kleinen Smaragd. Böse Zungen behaupteten, dass der Tod des Mädchens die Strafe für die Missachtung der Totenruhe der Bauernfamilie war und sich die Verstorbenen nun bemerkbar machten. Marianna hatte die zum Teil noch vorhandenen Gebeine der verstorbenen Ahnen des

Bauern in ein Massengrab außerhalb des Grundstücks verbringen lassen.

Nach der Beisetzung zog sich Marianna ganz in sich zurück. Johannes machte sich zusehends Sorgen um seine Frau. Sie verfiel in große Traurigkeit und wurde immer dünner und hinfälliger. Sie kümmerte sich kaum um den Sohn und konnte den Tot ihrer Tochter nicht verarbeiten. Es hatte den Anschein, als ob sie ihr nachfolgen wolle. Johannes folgte dem Rat des behandelnden Arztes und fuhr mit seiner Frau an die See.

Aus der geplanten Woche wurden vier Wochen. Vier Wochen, in denen Marianna und Johannes wieder zueinander fanden. Johann war während der Zeit zuhause, gut behütet durch das Kindermädchen. Johann vermisste seine Eltern nicht. Seinen Vater sah er sonst selten und seine Mutter hatte keinen Blick für ihn. War er doch der kräftigere Bruder, der seinem Schwesterchen das Lebensnotwendige im Mutterleib genommen hatte. Hatte er doch Marianne so klein und zerbrechlich werden lassen, um nach der Geburt nicht die Kraft zu haben, gegen die Lungenentzündung anzukämpfen. Johann war zeitnah auch erkrankt und bekam eine Lungenentzündung. Er konnte die Krankheit aber relativ schnell überwinden – Marianne nicht.

Während der Zeit am Meer fing Marianna an zu schreiben. Sie liebte Gedichte und schrieb zuerst traurige Verse und später immer fröhlicher werdende Zeilen. Viele Jahre nahm sie immer wieder ihren Stift in die Hand und beschrieb ihre Tagebücher. Es war Balsam für ihre Seele.

Johann fand Gefallen am Spiel der Violine. Im Alter von 6 Jahren begann er zu Üben und schon im Alter von 8 Jahren beherrschte er das Instrument und spielte seinen Eltern gern etwas vor.

In den darauffolgenden Jahren verlor Marianna ein Kind nach dem anderen. Jede Schwangerschaft endete vorzeitig. Als Marianna für die damalige Zeit schon ein bisschen zu alt war, um ein Kind zur Welt zu bringen, wurde sie 1679 doch noch einmal schwanger und trug das Kind aus. Es war ein Junge, der nun einen viel älteren Bruder hatte. In Johann – dem älteren Bruder – wuchs von Tag zu Tag mehr die Eifersucht auf seinen kleinen Bruder Heinrich. Johannes und Marianna liebten dieses lang ersehnte Kind sehr und sahen ihren großen Sohn noch weniger als früher. Es brodelte immer mehr in ihm und er wurde immer stiller. Johann legte seine Geige beiseite und fasste sie nicht mehr an, bis er mit vierundzwanzig Jahren 1692 heiratete und auf das Gut seiner Frau Brunhild von Schneider zog. Brunhild spielte leidenschaftlich gern Klavier. Sie musizierten zusammen und führten lange Gespräche über Musikstücke, wie man sie eventuell verändern könne. Doch drei Jahre nach der Heirat – Anno 1695 - verschwand seine Frau auf mysteriöse Weise. Da die Ehe kinderlos war, zog Johann wieder zu seinen Eltern und ließ seine Frau erst für tot erklären, als seine Eltern beide nicht mehr lebten und er 1709 erneut heiratete. Seine viel jüngere Frau Josepha konnte ihn nicht glücklich machen. Es war für beide keine gute Entscheidung gewesen, diesen Pakt einzugehen.

Josephas Vater hatte die Heirat mit Johann arrangiert. Johann im stattlichen Alter von 41 Jahren und für damalige Verhältnisse wohlhabend, war nach Meinung der Eltern, der richtige Mann für Josepha. Sie dachten sich, dass sie gut versorgt sei und nach dem Ableben des schon betagten Mannes ein sorgloses Leben führen könne. Für das Kennenlernen der beiden hatten sich Josephas Eltern etwas ganz Besonderes ausgedacht. Sie wollten Josepha mit der Tatsache überraschen, dass Johann kein junger Mann war und dabei die Öffentlichkeit hinzuziehen, damit sie keinen Rückzieher machen könne. Sie musste die Etikette wahren und ihren Eltern eine gute Tochter sein.

Ein Maskenball wurde geplant. Jeder Teilnehmer musste eine Maske und ein Kostüm tragen. Josepha war eine sehr schön anzusehende Elfe und Johann ein Pirat. Sie tanzten zusammen und als die Musik verstummte, sollten alle ihre Masken abnehmen. Auf seiner Wange sollte ein Herz gemalt sein zur Erkennung und auf Josephas Wange eine Blume. Herz und Blume gehörten zusammen. Als Josepha ins Gesicht ihres Tänzers blickte, erschrak sie und rief laut: „Er ist ja alt" und lief aus dem Saal. Alle Leute schauten verdutzt oder auch amüsiert auf dieses Schauspiel. So hatten sich Josephas Eltern das nicht gedacht. Gerade in der Bekanntmachung in der Öffentlichkeit sahen sie eine Schutzzone.

Johanns Bruder Heinrich hatte ein Jahr zuvor die ältere Schwester von Josepha geheiratet, so blieb das Geld in der Familie.

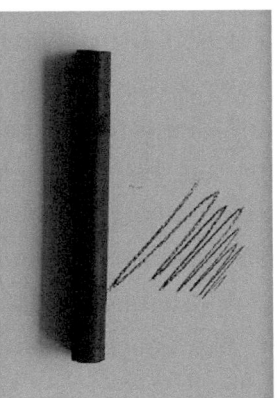

Josepha

Johann

Für Josepha begann ein Leben ohne Freude und Liebe. Sie gehorchte ihren Eltern und heiratete Johann. Nach außen hin führten sie ein normales Leben. Sie gingen auf Feste, in die Kirche und fuhren mit der Kutsche nach Würzburg zum Einkaufen. Sie war noch so jung und hatte das ganze Leben vor sich. Wie konnte sie das ertragen? Sie beschloss Johann zu ignorieren und baute sich eine Traumwelt auf. Immer, wenn sie die Möglichkeit hatte, ging sie in das kleine Turmzimmer. Hier hatte sie ihre Bücher, ihre Malkohle, ihr gutes Papier und ihr Tagebuch. Als Jakob noch klein war, nahm sie ihn immer mit hinauf. Er liebte es, mit der Kohle Striche auf das Papier zu malen und seiner Mutter beim Malen zuzusehen. Der Blick aus dem Turmfenster auf die Obstbaumwiese war traumhaft schön. Jakob konnte den Vögeln beim Stibitzen der Kirschen beobachten und war gut beschäftigt. Eine kleine Katze, die nur im Turmzimmer sein durfte, vertrieb ihm zusätzlich die Langeweile. Auch die kleine Katze war sehr an den Vögeln interessiert. So schauten beide manchmal gemeinsam auf das Treiben. Jeder hatte dabei ein anderes Sinnen.

Josepha verschloss sich Johann immer mehr. Sie wollte kein weiteres Kind mit ihm und auch nicht weiter mit ihm zusammenleben. An Scheidung war nicht zu denken.

Das konnte sie ihren Eltern nicht antun. Aber wie war eine Flucht aus dieser Ehe nur möglich.

Immer wieder trug sie ihre Gedanken und Gefühle in ihr Tagebuch. Sie ertappte sich dabei, dass sie sich wünschte, Johann möge früh eines natürlichen Todes sterben. Der Wunsch wurde immer größer und Josepha, die eine gottesgläubige Person war, schämte sich sehr dafür. Sie dachte über die Strafe Gottes nach, die ihr vielleicht Zuteil würde, wenn sie sich solcher Gedanken hingab. Immer wieder, wenn sie auf Jakob schaute, hatte sie Angst um ihn und betete um Vergebung für ihre Verfehlungen. Sie hatte Angst, Gott würde ihr Jakobnehmen. Eines Tages kam Johann von einer Einladung zur Treibjagd nicht mehr zurück. Johann wollte mit einem anderen Jäger einen kapitalen Hirsch erlegen. Ein Querschläger traf ihn und der Hirsch konnte mit seinem mächtigen Geweih Johanns Brustkorb durchbohren. Er war sofort tot.

Josepha fühlte sich schuldig, weil sie ihrem Ehemann einen frühen Tod wünschte, um dieser lieblosen, arrangierten Ehe entfliehen zu können. Sie hat nie mehr geheiratet.

Anno 2000 – Das alte Haus in Würzburg

Die Vorderseite

Der Anbau auf der Rückseite

Mein Auto hoppelt wie ein Kaninchen über den alten Landweg zum Ort meiner Kindheit. Je näher ich komme, umso aufgeregter werde ich. Als ich fünf Jahre alt war, zogen meine Eltern mit meinen Geschwistern und mir in eine andere Stadt. Mein Vater hatte eine neue Arbeit angenommen mit Aussicht auf mehr Lohn, um seinen fünf Mädchen und seiner Frau eine bessere Lebensqualität bieten zu können. Die Bäume links und rechts des Landschaftsweges stehen in vollem Saft und am Ende des Weges lassen sie den Blick frei auf die Obstbäume, die in meiner Kindheit so viele Früchte trugen, so dass ein Großteil immer in Einmachgläsern endete. Noch einige Meter und ich bin auf dem Vorhof des alten Hauses – meinem Zuhause. Oh Gott, wie sieht es nur aus? Seit vielen Jahren wohnte dort niemand mehr und es war fast verfallen. Ich parke das Auto und steige aus. Um mich herum wuchert viel Unkraut. Zwei Tauben sitzen auf dem Dach und schauen auf mich herunter. Ich laufe um das Haus herum, um zu sehen, ob der Hintereingang noch vorhanden ist. Die Vordertür ist mit Brettern vernagelt, die alten Schlagläden fest verschlossen und der Wintergarten total verfallen. Man ahnt nur noch, dass das mal ein Wintergarten war. Die Hintertür ist noch zugänglich und bestimmt schon mehrfach aufgebrochen worden. Ich stoße sie auf und stehe in einem Flur. Die alten Fliesen sind noch teilweise vorhanden. Die kleinen, braunen, handgeformten Fliesen waren einmal sehr schön anzusehen. Ich schalte meine große Taschenlampe an und gehe weiter in die damalige Küche, in der noch ein alter Herd steht und rechts in den großen Wohnraum. Erstaunt stelle ich fest, dass dort noch unser alter Eichenschrank steht. Eine Tür fehlt und eine andere hängt halb heraus. Obwohl der Schrank total verwittert ist, erkenne ich ihn. Vor meinem inneren Auge sehe ich ihn wie er einmal aussah.

Ich öffne ein Fenster und löse die Riegel der Fensterläden. In der Ecke steht eine alte leere Kiste, auf die ich mich setze. Den alten Schrank anstarrend lass ich meine Gedanken in die alte Zeit schweifen. Der Kamin ist nicht mehr zu sehen, irgendwann musste er einem Kohleofen weichen.

Nun bin ich hier an diesem verlassenen Ort und um mich herum wird gerade alles lebendig. Gedanklich findet eine Zeitreise statt. Es ist der 2. Dezember 1964. Mein 4. Geburtstag. Ich sitze auf dem Teppich vor dem Kamin und spiele mit meiner neuen Puppe. Das Haus hat den Krieg überlebt und war schon etwas modernisiert worden. Ein Baderaum und ein Toilettenraum waren angelegt worden. Im Wohnzimmer, in der Küche und im Baderaum befanden sich Öfen. Die Toilette lag an einer Außenmauer und hatte keine Heizquelle. So brauchte man im Winter nicht lange zu warten, wenn sie mal besetzt war. Ich sehe meinen Vater mit einer Pfeife im Mund in einem Sessel sitzen. Er schaute mir zu und sagte: „Wie heißt deine Puppe, ist das Emil?" Emil, auf den Namen wäre ich nie gekommen. So bekam meine Puppe den Namen Emil. Mein Vater nahm Emil und wollte ihn verstecken und ich sollte ihn suchen. Es waren wunderbare Minuten, die ich nie vergessen werde. Wann hat Papa schon einmal mit mir gespielt?

Es wird um mich herum immer lebendiger. Meine Mutter deckt den Tisch und meine Schwestern kommen nach und nach in den Raum. Ich war das jüngste Mitglied der Familie. Sofort spielten zwei meiner Schwestern mit beim „EMIL-VERSTECKSPIEL".

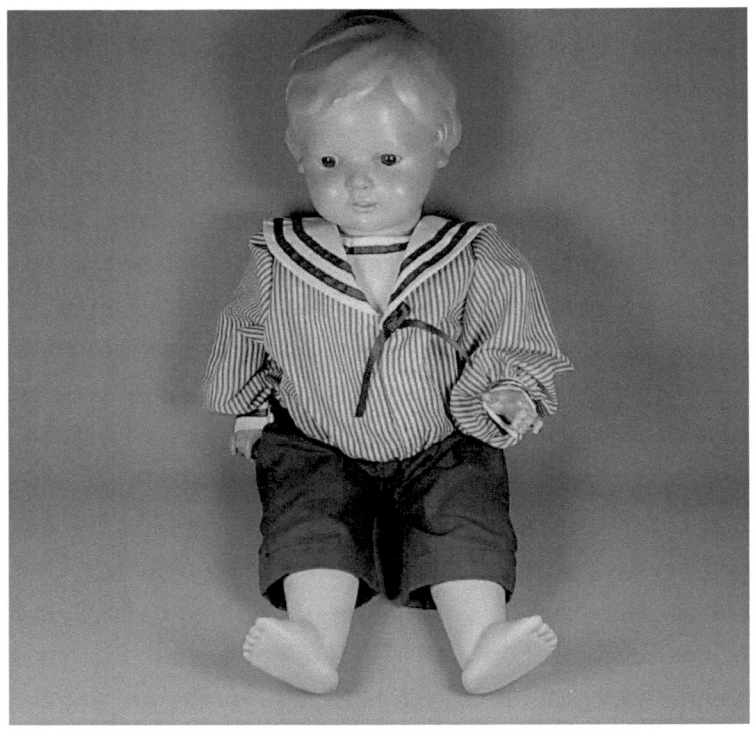

Immer noch sitze ich auf der Kiste und neue Bilder kommen vor mein inneres Auge. Ich bin allein in dem Wohnraum. Meine Schwestern waren alle in der Schule und meine Mutter steht am Herd in der Küche. Da höre ich eine Stimme hinter mir: „Hallo Christel, blick dich um, ich bin hinter dir. Ich bin dein Bruder Josef." Ich schaute mich um, und sah vage einen Jungen im Alter von ca. 6 Jahren. Er lächelte mich an und gab mir seine Hand. Ich konnte die Hand nicht fühlen, obwohl sie in meiner lag. Er sagte mir, dass er oft in diesem Haus wäre, aber niemand würde ihn hören oder sehen und er nun glücklich wäre, dass ich ihn jetzt sehen könnte. Als ich klein war, kam Josef ein gutes Jahr lang, um mit mir zu spielen. Meine Eltern wunderten sich über die Spiele mit einem Unsichtbaren und fragten mich, mit wem ich denn spielen würde: „Mit meinem Bruder Josef" sagte ich ihnen und das mein Bruder häufig mit mir spielen würde. Ich schaute in fragende Gesichter und mein Vater teilte mir mit, dass ich einen Bruder hatte, der aber direkt nach der Geburt verstorben sei. Der könne also unmöglich mit mir im Hier und Jetzt spielen. Ich nahm das so hin – wie man es in dem Alter so macht - und spielte weiter mit Josef.

Als meine Mutter mit meinem ältesten Bruder schwanger war, konnte sie vom ersten bis zum letzten Tag der Schwangerschaft keine Nahrung bei sich behalten. Meine Mutter war eine kleine zierliche Frau, die schon im dritten Schwangerschaftsmonat ins Krankenhaus musste, weil das tägliche Erbrechen sie erheblich geschwächt hatte. Im 6. Monat schob man sie auf das separate Sterbezimmer, weil keine Hoffnung mehr bestand, dass Mutter und Kind überleben würden. Meine Mutter entschied sich daraufhin für die Beendigung der Schwangerschaft, was für die Ärzte jetzt viel zu spät kam. Die Geburt wurde eingeleitet und Josef starb sofort nach der Nottaufe. Schon am nächsten Tag konnte meine Mutter wieder essen. Das Thema Josef war für meine Eltern lebenslang ein trauriges Ereignis, das sie nie verarbeitet haben.

Als ich gut fünf Jahre alt war, zogen wir aus diesem Haus und mein Bruder kam nicht mehr zu mir.

Heute sitze ich hier und denke darüber nach, ob es wirklich mein Bruder war, als sich in der rechten Ecke ein kleines Licht auftat, das immer größer wurde. Ich sah eine männliche Gestalt in dem Licht und hörte ganz sanft: „Schwesterchen, ich bin es, Josef!" Ich erschrak – aber er sprach sanft weiter: „ich war es, als du klein warst und wir spielten. Ich habe mich deinem Alter angepasst. Je größer du wurdest, vergrößerte sich auch der Graben zwischen uns und als ihr das Haus verlassen habt, war der Graben zu groß geworden, um mit dir in Kontakt zu treten. Ich war oft in deiner Nähe, aber du hast mich nicht mehr gespürt. Hier an diesem Ort, bist du in dich gegangen und hast den Weg wieder frei gemacht. Du hast an mich gedacht und mich so gerufen. Auch ich bin auf der anderen Seite gewachsen. Ich habe viel gelernt und bin gereift. Ich bin gereift, um nunmehr bald in ein neues Leben zu treten. Irgendwann werden unsere Seelen sich wieder begegnen. Du wirst es erkennen. Lebe wohl Schwesterchen." Das Licht verblasste und ich saß voller Harmonie und Liebe in diesem alten Haus auf der Kiste. Mein Bruder hatte Liebe mitgebracht, die noch nachwirkte. Hatte ich geträumt oder war das gerade Wirklichkeit?

Es gibt also eine andere Seite. Man reift und lernt und wird vorbereitet auf irgendeine Aufgabe da oder hier. Es ist wunderbar. Ich spüre noch einmal die Atmosphäre dieses alten Gemäuers. Ich spüre die gespeicherten Erlebnisse und das was die Menschen dort zurückließen. Schade, um dieses alte Haus, das einmal Menschen ein Zuhause bot. Gedankenversunken gehe ich zu meinem Auto und verlasse diesen Ort meiner Kindheit. Ich nehme aber neue Erkenntnisse mit und überlege, ob ich diesem Haus neues Leben einhauchen sollte.

Die Entscheidung

Es vergingen einige Wochen, aber der Gedanke an das alte Haus ließ mich nicht mehr los. Immer wieder sah ich es vor meinem inneren Auge und auch die Begegnung mit meinem verstorbenen Bruder hatte sich tief in meinem Herzen verankert. Er kam aus der Anderswelt also häufiger an diesen Ort. War es ein besonderer Ort mit einem guten Energiefeld oder ist jeder Ort ein guter Ort für verstorbene Seelen? Vor einigen Jahren hatte ich andere Erlebnisse mit meinen Ahnen, die aber nicht so einschneidend für mich waren wie das Erlebnis mit meinem Bruder.

Meine Tante Elisabeth, eine Ordensfrau, war mir sehr ans Herz gewachsen. Wir hatten immer Kontakt und besonders das letzte Jahr vor ihrem Tod. Wir telefonierten oft und unterhielten uns darüber, was wohl nach dem Tod sein würde. Sie bereitete sich auf ihren Übergang vor, obwohl sie körperlich und geistig total fit war. Irgendetwas oder Irgendwer sagte ihr aber, dass ihre Zeit bald abgelaufen ist und sie regelte alles, was sie noch regeln wollte. Wir tauschten unsere Sichtweisen aus, die aber nicht weit auseinander lagen. Als sie einen Kururlaub antreten wollte, stürzte sie und hatte einen Oberschenkelhalsbruch. Sie wurde operiert und als Komplikation trat ein Nierenversagen ein. Die Ärzte wollten sie an das Dialysegerät anschließen, was sie jedoch ablehnte. Auf die Aussagen der Ärzte, dass sie dann sterben müsse, sagte sie: „Dann wird es so sein, mit 84 Jahren werde ich mir das nicht mehr antun." Die Schwesterngemeinschaft und sie bereiteten sich auf das Ende vor. Noch 5 Minuten bevor sie die Augen schloss, war sie klar bei Verstand und sagte: „Ich habe immer die richtigen Entscheidungen getroffen und denke, dass dies auch die richtige Entscheidung war."

Ich fühlte den Moment, als sie die Augen schloss und bei der Beerdigung hatte ich das Gefühl, dass sie ganz nah bei mir stand. Monate später hatte ich das erst Mal seit meiner Kindheit ihren Geburtstag vergessen. Sie hatte ja schließlich keinen mehr. An diesem Tag spukte es erstmalig in unserem Haus. Eine Tür fiel ganz langsam vor meiner Nase zu, es knackte im Rechner und er stürzte ab und bei einem Spaziergang erschien auf den von mir gemachten Fotos das Gesicht meiner Tante in meinem Gesicht. Jetzt musste ich heftig lachen und sagte ihr, dass es mir leid täte, nicht an ihren Ehrentag gedacht zu haben. Ich wusste jetzt, warum ich gedrängt wurde einen Spaziergang zu machen, obwohl es bitterlich kalt war und ich erinnerte mich daran, dass wir uns mal am Telefon darüber unterhielten, dass man nach dem Tod Kontakt mit seinen Lieben aufnehmen könne, wenn sie hinsehen und hinhören würden. Sie hatte mir das bestätigt. Das war nun schon einige Jahre her und meine Tante hat kein weiteres Zeichen gegeben. Der Kontakt mit meinem Bruder war dagegen etwas ganz besonderes. Als er mir in dem alten Haus erschien, hat er etwas in mir bewegt. Ich musste oft an ihn denken und das alte Haus ging mir nicht mehr aus dem Kopf. Was war der Grund für meine Gedanken, die immer dann kamen, wenn mein Augenmerk auf etwas gerichtet wurde, was im Entferntesten damit zu tun hatte.

Ich wollte nun Klarheit haben, was mit dem Haus meiner Ahnen geschehen sollte und suchte ein bekanntes Medium auf, das mir weiterhelfen sollte. Einige Jahre vorher war ich schon einmal bei dieser Dame aus Neugierde und ich war sehr fasziniert von ihrer Gabe. Jetzt kam ich mit einem konkreten Anliegen. Ich wollte meine Ahnen befragen und war gespannt, wer sich äußern würde. Dieses Medium, das nur 100 km von meinem Heimatort entfernt wohnt, war eine bodenständige Frau. Sie trug keinen Schlabberlook und hatte auch keine Glaskugel vorzuweisen. Eine Engelstatur, ein Christus-Bild und eine Schale mit Heilsteinen zur Deko und Energiereinigung waren im schlichten Arbeitszimmer zu sehen.

Ich musste kaum etwas sagen, da sprach das Medium: „Oh, hier habe ich schon einen ihrer Ahnen, der auf ihre Fragen antworten möchte."

Meine Gedanken gingen zu meinem Vater, aber es kam ganz anders. Es meldete sich ein Ahne aus weit zurückliegenden Jahren. Er nannte sich Johannes und war der Grundsteinleger. Es war nicht mehr viel übrig von dem Haus aus dem Jahre 1667. Immer wieder wurde es renoviert und restauriert. Auch war es einmal fast bis auf seine Grundmauern abgebrannt, wie ich in dieser Sitzung erfuhr. Dieser Johannes teilte mir mit, dass viele Seelen noch an dem Ort verweilen. Das in diesen Gemäuern viel Leid und Schmerz, aber auch Freude und Liebe gelebt wurden. „Lass den Ort wieder zu seiner Schönheit zurückfinden und setze dem Bauern Ludowig ein Denkmal, denn er war der rechtmäßige Eigentümer." Danach verstummte dieser Johannes und mein Bruder und meine Tante Elisabeth hatten noch einige Worte für mich. Sie teilten mir mit, dass sie an meiner Seite wären und im Jenseits die Ahnen kennengelernt haben. „Es ist Unrecht geschehen – richte es" sagten sie eindringlich.

Ich musste das Erfahrene erst einmal verarbeiten. Was hatte ich nun zu tun? Wäre ich doch nicht zu diesem

Medium gegangen. War ich jetzt in die Pflicht genommen?

Vor dem Zubettgehen bat ich Gott um einen Fingerzeig und meinen Schutzengel um Führung in die richtige Richtung. Im Traum begegnete mir eine Lichtgestalt, die sagte: „Gehe hin und tu was dein Herz dir sagt. Gehe hin und erneuere." Die Lichtgestalt nahm mich an die Hand und führte mich durch ein saniertes Haus, hinaus in einen wunderschönen Garten. Ich sah das alte Haus in neuem Glanze erstrahlen. Ich sah aber auch, dass es nicht einfach werden würde, die Sanierung zu bewältigen. Während der Bauphase würden sich viele Ahnen melden, um sich mitzuteilen und ihre Hinweise müssten berücksichtigt werden.

Die Lichtgestalt sah mir tief in die Augen und sprach:

Wenn Trauer dein Herz umgibt,

rufe mich, flüstere mir ins Ohr,

ich bin ganz nah bei dir,

ich komme durch das Tor

des Lichts und umarme dich,

ich lege dir beide Flügel um deinen

Körper und gebe dir Lebensenergie,

um den Fluss des Lebens zu erhalten,

bis das Leben an Tagen so zahlreich,

die Beine zu müde und das Herz zu schwach

und ich dich hinüberhole durch das Tor ins Licht.

Als ich erwachte, hatte ich die Entscheidung schon gefällt. Wir werden das alte Haus sanieren. Die Lichtgestalt – ich vermutete, dass es mein Schutzengel war - wird die Unternehmung überwachen und meine Ahnen ebenso. Als Kind war ich sehr gläubig und als junge Erwachsene hatte ich die Verbindung verloren. Jetzt vertraue ich meiner Intuition und vertraue meinen so oft real wirkenden Träumen wieder. Ich vertraue darauf, dass es eine höhere Dimension gibt, die uns die richtigen Zeichen gibt, wenn wir einmal straucheln oder nicht mehr weiter wissen. Wenn wir am Ende einer Fahnenstange angekommen sind, müssen wir richtig hinhören und hinsehen. Entscheiden müssen wir allerdings selbst, weil uns die Freiheit der Selbstentscheidung gegeben wurde.

Überzeugungsarbeit

Für mich war nun alles klar, nur meinen Mann Max musste ich noch überzeugen. Ich erzählte ihm jede Kleinigkeit und wie wichtig es für mein Seelenleben war, diesem Haus wieder Leben einzuhauchen. Mein Mann gab zu bedenken, dass wir nicht nur sehr viel Arbeit, sondern auch sehr viel Geld investieren müssten. Wer würde dort später einziehen? Würzburg lag so gar nicht in unserer Vorstellung. Ich meinte aber, dass das ganze Anliegen geführt würde und auch bestimmt jetzt schon feststehen würde, welche Familienmitglieder das sanierte Haus dann bewohnen würden.

Mein Vater sprach immer von adeligen Vorfahren in alter Zeit und von unserem Familiennamen, der nur halb so lang war wie jetzt in dieser Zeit. Als mein Vater noch lebte, beschäftigte ich mich deshalb mit Ahnenforschung und habe so manches herausfinden können. Das komplette Ergebnis hat er zu Lebzeiten jedoch nicht mehr erfahren. Ich gehe aber davon aus, dass er in der anderen Dimension alles verfolgt hat. Immer wieder kamen die Namen Johann, Johannes, Jan, Marianna, Marianne, und Josepha vor. 1590 entdeckte ich in der Vita einen Melchior mit dem Namen, der nur halb so lang war wie unser. Eventuell wurden während der schwedischen Besatzung 1631 bis 1634 einige Namen im

Geburts- oder Trauregister absichtlich verändert eingetragen, um die Namen den schwedischen Gewohnheiten anzupassen. Einige seiner Kinder wurden mit dem langen Zunamen und andere mit dem kurzen Zunamen eingetragen. Auch entdeckte ich 1585 einen adeligen Angehörigen, der aber nicht zur direkten Linie gehörte. Dieser Adelige war Johannes Großcousin, der Cousin von Johannes Vater Melchior.

Es vergingen wieder einige Wochen, bis mein Mann bereit war, dieses Werk mit mir anzugehen. Wir machten Termine mit einigen Architekten und Bauträgern und konnten uns nicht entscheiden, wer der richtige Partner für uns ist.

In so einer Situation fällt einem mal wieder das Beten ein. Ich sprach zu Gott, Jesus, Maria, den Erzengeln, Engeln, meinem Schutzengel, meinen geistigen Führern und meinen Ahnen. Möge man uns doch bei der Auswahl des richtigen Architekten behilflich sein. Aus irgendeinem Grund holte ich die Kiste mit den gesammelten Ahnendaten hervor und griff hinein. Ich wusste überhaupt nicht, warum ich drin wühlte und was ich suchte.

Zu meinen Ahnen gehörte kein Ludowig, aber ein Ludowig hatte mir vor mehr als 15 Jahren Unterlagen bezüglich meiner Ahnen zukommen lassen. Diese Unterlagen hatte ich nun in der Hand. Matthias Ludowig aus Würzburg! Ein Nachfahre des Bauern Ludowig, dachte ich? Einer der Architekten aus Würzburg, die wir konsultiert hatten, hieß Matthias Ludwig. Zwar nicht Ludowig, aber Ludwig. Dieser Architekt sollte es sein.

Der Architekt Ludwig holte viele Informationen über das alte Haus ein. In Archiven waren alte Zeichnungen und Bilder zu finden, obwohl es nicht unter Denkmalschutz steht. Wir wollten gerne eine Anlehnung an diese alten Bilder. Die älteste Zeichnung war aus dem Jahre 1844. Ludwig, wie ich ihn jetzt hier nennen werde, entwickelte sehr viel Ehrgeiz, was nicht selbstverständlich war. Was hatte er mit diesem alten Haus zu tun? War er wirklich ein Nachfahre des Bauern? Mein leises Anfragen brachte jedoch nichts hervor, denn Ahnenforschung interessierte ihn nicht – noch nicht!

Es geht los

Ein Treffen mit dem Architekten vor Ort war angesagt und wir kamen mit unseren Vorstellungen in diesem alten Haus zusammen. Leider wurde uns schnell klar, dass das ganze Haus marode war und nur wenig der Substanz erhalten werden konnte.

Als wir im früheren Schlafzimmer meiner Eltern ankamen, hörte ich Ludwig nicht mehr zu. Meine Gedanken schwirrten in meinem Kopf herum. Ich lande mit meinen Gedanken in meiner Kindheit. Was bedeutet mir Heimat? Ist das hier meine Heimat?

Ich denke an meine Heimat in Kindertagen und sogleich umgibt mich ein schützender, wärmender Mantel, ein Geruch lässt sich wahrnehmen, Gesichter, Räume und Stimmen – Heimat halt!

Sobald ich an Heimat denke, sehe ich mich als kleines Mädchen in das Bett meiner Eltern krabbeln. Ich lege mich auf die Seite meiner Mutter und schlafe mit ihr Rücken an Rücken weiter. Ein unbeschreibliches Gefühl der Geborgenheit.

Morgens gemeinsam aufwachen und zusammen frühstücken. Es gab jeden Morgen Brot mit Butter und Rührei. Obst kam in die Schultasche und ein Kuss auf die Stirn zum Abschied. Mittags freute man sich auf daheim. Es roch schon nach einer guten Mahlzeit und man war es gewohnt, dass Mutter immer zuhause war. Traditionen wie an Nikolaustagen, Weihnachten und Geburtstagen wurden eingehalten. Für jedes erworbene Jahr wurde ich von meinem Vater in die Höhe geworfen. Das letzte Mal als ich 8 Jahre wurde. Danach machte der Rücken meines Vaters Probleme. Sonntags gingen wir alle zur Messe und im Anschluss gab es immer ein besonderes Essen. Man konnte sich darauf verlassen und diese Regeln gaben Beständigkeit und machten meine kleine Heimat aus. Wer – wenn nicht die eigenen Eltern – können das Gefühl von Heimat, gleichbedeutend mit Zufluchtsort, vermitteln. Genau diese Wahrnehmung von Wärme habe ich meinen Kindern weitergegeben und hoffe, dass diese Energie weiterfließen wird zu ihren Kindern.

Ich höre wie mein Mann mich beim Namen ruft und mich an meine Schulter fast. Ich bin wieder hier in der Ruine. „Was meinst du?" fragt er mich. Erst jetzt bemerken mein Mann und der Architekt, dass ich dem Gespräch nicht gefolgt bin und man wiederholt in Kürze die Anmerkungen zu diesem Zimmer.

Was hat dieses Haus an Informationen gespeichert? Warum bringt es mich gedanklich immer wieder in die Vergangenheit? Was fasziniert mich an diesem Haus? Ich kann es kaum erwarten, bis dieses Haus wieder erwacht.

Urlaub

Mein Mann und ich gönnen uns einen Urlaub während der hektischen Zeit der Sanierung des Hauses. Wir fahren ans Meer, um auf andere Gedanken zu kommen. Viel zu viel haben wir die letzten Monate Entscheidungen treffen müssen und wollen einmal nur Meer, Strand und Sonne sehen. Doch immer wieder kommen wir zurück auf die Sanierung. Eines Abends sitzen wir auf unserer Terrasse unseres kleinen Ferienhauses und haben jeder ein Glas Rotwein in der Hand. Wir blicken aufs Meer und jeder geht seinen Gedanken nach. Da sage ich auf einmal:

„Ich sitze am Strand

Und fühle unter mir den warmen Sand

Das Meer so blau, der Himmel so klar

Ist das alles hier wirklich wahr?

Meine Gedanken schweifen in eine andere Dimension

Und gehen ein mit anderen Seelen eine Liaison

Vor meinen inneren Augen ein wunderbares Blau

Grenzenlose Freiheit, kein innerer Stau

Mein Herz ruft nach dir

Und meine Seele weint in mir

Die Vergangenheit wird mir so nah

Und ich erinnere mich, wie es mit dir war

Mich umgeben warme Gefühle,

und lassen mich vergessen die Kühle,

die mich umgibt ohne dich

in der ich hab verloren mich

Der Besuch meiner Gedanken in der anderen Dimension

Verbindet unsere Seelen, ja sie gehen ein eine Liaison.

Die Einsamkeit ist vergessen für eine kurze Zeit

Drum mach auch du dich für dieses Erlebnis bereit."

„Wo hast du das gelesen?" fragte mich mein Mann. Ich höre seine Worte nur dumpf und schau auf mein Glas mit Rotwein. Es war noch voll. Betrunken war ich nicht. Es ist mir gerade so eingefallen, antwortete ich ihm. Waren es echt meine Worte, meine Gedanken?

2000 - Das Amulett

Ludwig bat uns auf die Baustelle zu kommen, weil er einige Gegebenheiten besser vor Ort abklären konnte. Beim Ausbaggern des Grabens um das Haus, damit der Keller gegen das Eindringen von Feuchtigkeit versiegelt werden konnte, ist man auf einen unterirdischen zweiten Keller gestoßen. Der Zugang war vom genutzten Keller aus nicht mehr möglich. Man hatte ihn vollkommen abgetrennt. Da weder in diesem Keller noch drum herum etwas Besonderes entdeckt wurde, ließen wir ihn entfernen. Weitere Mauerreste fand man etwas weiter im Gartenteil. Es deutete alles auf eine kleine Kapelle hin, unter der sich ein Grab befunden haben muss. Eine kleine Goldkette und ein Amulett war das einzige, was noch vorhanden war. Keine Knochen, keine Kleidungsreste – nichts.

Das Amulett war erstaunlich gut erhalten. Ich brachte es einem Bekannten, der im Archäologischen Museum in München tätig war, zur Begutachtung. Er konnte Teile eines Familienwappens entdecken und die Buchstaben M, V, S. Das Wappen war nicht mehr ganz deutlich und somit in der Wappenlistung nicht wirklich ausfindig zu machen. Wahrscheinlich gehörte es meiner Familie bzw. einer Linie meiner Familie. Ich ließ es aufarbeiten und legte es in eine gläserne Schatulle.

Immer wenn ich die gläserne Schatulle betrachtete, überkam mich ein Gefühl von Melancholie. Wem gehörte dieses Amulett? Wer war da so traurig? Es vergingen Monate, bis sich Bilder in meinem Kopf zusammenfügten.

Ich sah vor meinem inneren Auge ein kleines Mädchen und seine Mutter. Die Mutter hielt das Kind in den Armen, es war tot. Die Mutter nahm ihr Amulett ab und legte es dem Mädchen um den Hals.

Nachdem ich das erkannte, war die Melancholie verschwunden, wenn ich das Amulett anschaute. Ich hatte den Grund gefunden.

In mir wuchs immer mehr Neugierde. Innerlich brannte ein Feuer mehr zu erfahren. Ich freute mich schon darauf, wenn ich das erste Mal in diesem Haus nächtigen würde, um mich einzufühlen. Hatte das Haus etwas zu erzählen? Würde ich dann die wildesten Träume haben? Aber, noch war es nicht so weit. Sanieren, sanieren, sanieren stand an.

Schon jetzt war kaum ein Ende in Sicht. Viele Gelder flossen von einer Hand in die andere. Es kam zu vielen Engpässen und unvorhersehbaren Begebenheiten. Ich dachte aber an meinen Traum und den Worten der Lichtgestalt. Ich sah das fertige Haus, so wie ich es im Traum gesehen hatte. Alles würde gut werden.

2001 - Das Turmzimmer

Eine weitere Herausforderung war das Dach. Was sollte mit seinen Zinnen und Türmen geschehen?

Seltsamerweise war ein Bereich des Daches nicht so verfallen wie der Rest. Auch hier mussten wir entscheiden, ob alles abgerissen werden soll, oder ob wir diesen Bereich erhalten wollen.

Für mich stand fest, dass der guterhaltene Bereich des Daches ein Hinweis war; für meinen Mann Max war es ein Zufall.

Ich bat meinen Mann und Ludwig, den Architekten, sich erst einmal um andere Punkte zu kümmern und mich in diesem Zimmer allein zu lassen, um mir Gedanken zu machen.

Ich setzte mich auf den Boden, der teilweise schon entfernt war und ging in mich. Ich wollte die Nachricht hören, das Zeichen sehen. Die Sanierung machte ich nicht nur für mich, sondern auch für meine Ahnen. Also bat ich um ein Zeichen. Weil sich aber nicht einstellte, bat ich den Architekten um einige Tage Bedenkzeit.

Jeden Abend schlief ich mit der Bitte ein, dass meine Ahnen mir eine Information vermitteln sollten, damit ich entscheiden konnte, was mit diesem Turmzimmer geschehen solle. In der dritten Nacht war es endlich soweit. Ich sehe einen Maskenball, eine junge Frau und einen älteren Mann. Ich sehe, wie diese Frau in einem Turmzimmer sitzt und ein kleiner Junge ist bei ihr.

Als letztes Bild eine Jagd und ein toter Mann. Ich erwache nass geschwitzt und mir ist klar, dass ich dieses Turmzimmer auf keinen Fall erhalten möchte. Es erweckte in mir etwas Trauriges und Bedrohliches. Erst viel später sollte ich erfahren, dass das Dach noch mehr Geheimnisse verbarg.

1749 – die letzte Hexe wird verbrannt

Das Gut belieferte mit einigen seiner Erträge das Kloster Unterzell, in dem auch eine Verwandte der Familie Steurenhoff als Nonne Gertrudis lebte. In früher Zeit wurden häufig Mädchen aus guten Kreisen aus verschiedenen Gründen in ein Kloster verbracht. Das Kloster wurde dann von den Familien unterstützt. Die Hintergründe für den Brauch des Adels und der bürgerlichen Oberschichten, ihre Töchter z. T. einem Kloster zu übergeben, sind in bestimmten Besonderheiten der mittelalterlichen Gesellschaft zu sehen. Die Töchter mussten standesgemäß verheiratet werden oder blieben ledig. Die Familie hatte erhebliche Aufwendungen für die Mitgift. Die Aussteuer einer Tochter bei Klostereintritt lag hingegen erheblich niedriger. Gertrudis war eines von 5 Mädchen, für die die Familie nicht mehr die Mitgift aufbringen konnte. 1749 trug sich in dem Koster Unterzell eine Tragödie zu. Nach einem „Mondsuchtvorfall" wird die Nonne Maria verhaftet und auf die Festung Marienberg gebracht.

Kloster Unterzell

Die 69-jährige Nonne Maria Renata Singer aus dem Kloster Unterzell wird wegen „ausgeübter Hexerei, wodurch sie ihren Mitnonnen höllische Geister in den Leib gezaubert hat" sowie „Verunehrung der geheiligten Hostie und Schließen einer Buhlschaft mit dem Teufel" zum Tod auf dem Scheiterhaufen verurteilt. Sie soll durch Zauber und Wurzeln bzw. Kräuter laut den Prozessakten bei mehreren ihrer Mitbewohnerinnen des Klosters mit Schmerzen verbundene Krankheiten und Befall mit „höllische Geistern" bewirkt haben.

Am 21. Juni 1749 wurde das Endurteil, die lebendige Verbrennung auf dem Scheiterhaufen öffentlich verkündet. Durch das Wirken des Würzburger Fürstbischofs Karl Philipp von Greiffenclau zu Vollrads wurde das Urteil zur Enthauptung und anschließender Verbrennung abgemildert. Auf der Festung Marienberg bei Würzburg findet am 21. Juni 1749 die letzte „feierliche Einäscherung" einer Hexe in Franken statt.

Maria Renata Singer aus dem Adelsgeschlecht der Singer von Mossau wurde als Tochter eines kaiserlichen Offiziers geboren. Mitte Mai 1699 wurde sie von ihrer Mutter als 20-Jährige als Nonne in das Kloster Unterzell bei Würzburg gebracht. Nach einer zweijährigen Probezeit und aufgrund ihres lobenswerten Verhaltens erhielt sie die wirschaftliche Aufsicht über das Kloster, wurde mit der Rangbezeichnung der Subpriorin ausgezeichnet und half beim Küsterdienst. Doch Neid und Missgunst der Mitschwestern kosteten ihr letztendlich das Leben. War Gertrudis irgendwie in dieses Geschehen involviert? Kamen deshalb häufiger

Priester und Nonnen während der Jahrhunderte in meiner Ahnenreihe vor?

1750 – Der Maler Tiepolo aus Italien kommt nach Würzburg, um den Prachtbau des Fürstbischofs auszustatten.

Der Maler Tiepolo wurde fürstlich in der Villa des Fürstbischofs untergebracht und sollte das Treppenhaus und den Saal der großartigen Villa ausstatten. Bei der Weihnachtsmesse 1750, die vom amtierenden Bischof Karl Philipp von Greiffenclau zu Vollrads gehalten wurde, trafen sich die Blicke des schon betagten Tiepolo und der wunderschönen Josefine (Tochter von Jakob und Maria). Tiepolo war so begeistert von der schönen 14-jährigen Josefine, dass er seinen Blick nicht abwenden konnte. Das Antlitz dieser Schönheit musste er auf der Leinwand erhalten. Josephine hatte glänzendes blondes Haar und wunderschöne grüne Augen. Sie war einige Zentimeter größer als junge Mädchen in diesem Alter und ihr Gang sah aus, als ob sie über dem Boden schweben würde. Er musste sie unbedingt malen. Die Arbeit in der Villa nahm zwar seine ganze Zeit in Anspruch, aber für Josefine musste er Zeit finden. Er erkundigte sich nach den Eltern des Mädchens und machte ihnen ein Angebot. Es war üblich, dass ein Künstler bezahlt würde, aber der Meister wollte Josefine ohne, dass seine Leistung honoriert wurde, für die Nachwelt auf Leinwand festhalten. Es war für Josefine eine Ehre gemalt zu werden und Jakob und Maria waren sehr stolz, dass die Schönheit ihrer Tochter Beachtung fand und stimmten ein, dass Tiepolo einmal in der Woche im Empfangszimmer der Familie, Josefine malen durfte.

Obwohl Tiepolo auch noch den Zusatzauftrag erhalten hatte, den amtierenden Bischof zu malen, konnte er der Schönheit Josefines nicht widerstehen. Jede freie Minute, die er abzweigen konnte, verbrachte er im Haus der Steurenhoffs, die zumindest eine adlige Vergangenheit aufzuweisen hatte. Niemand verstand Tiepolos Ansinnen, dieses Mädchen zu malen. Jedes andere Ansinnen hätte man ihm nicht verdenken können. Wie sagte man in Bischofs Kreisen: „Muliebris ardere" – die Frau heiß begehren. Niemand glaubte mehr an die Unschuld der Steurenhoffs-Tochter, als Tiepolo Würzburg wieder verließ.

Josephine   Dom

Man kann sich vorstellen, dass sich diese Begebenheit in ganz Würzburg herumsprach und dass sich der Bekanntheitsgrad dieser Schönheit in Geld aufwiegen lies. Der bekannte Maler Tiepolo hatte eine Schönheit entdeckt. Die Familie musste sehr aufpassen, dass man Josefine nicht als seine Muse hielt. Noch während der Zeit des Malens machten heiratswütige junge Männer der Familie die Aufwartung und hielten um Josephines Hand an. Josefine war kaum 16 Jahre alt, als man sie mit einem dieser Freier, einem Sohn eines reichen Kaufmanns aus Würzburg, verheiratete.

Mit Tiepolo kam ein neuartiges Gewächs auf den Hof. Tiepolo brachte das erst ganz neu ins Land gebrachte Tellerkraut – auch Kubaspinat genannt – als Gastgeschenk mit. Dieses Tellerkraut wurde als Salat oder auch Spinat verarbeitet. In wenigen Jahren hatte das Gut eine beachtliche Züchtung des Tellerkrautes vorangetrieben.

50 Jahre führte die Familie ein sorgloses Leben und verkehrte in hohen Kreisen. Der reiche Kaufmannssohn war eine gute Entscheidung für die Familie gewesen.

1804 – Das Haus brennt

Die Familie Steurenhoff hatte seit 2 Jahren die Pferdezucht der Familie erweitert. Die jungen Hauseigentümer Wilhelm und Tina (Christina) wollten ihre Liebe zu Pferden ausleben. Tina kam aus einer Familie, die immer schon viele gute Reitpferde besaß.

Ein Pferdepfleger war mit der Zucht und Pflege der neu erstandenen Pferde auf Gut Steurenhoff betraut worden. Er war ein Mann mittleren Alters, der schon beim Grafen gearbeitet hatte und sein Handwerk verstand. Leider war er auch ein Trunkenbold und immer mal wieder nicht ansprechbar. Aus diesem Grunde hatte er auch die gute Anstellung beim Grafen verloren. Für eine geringere Bezahlung diente er jetzt auf dem Gut und tat sein Bestes. So trug es sich zu, dass er bei einem Gewitter den Blitzeinschlag in den Pferdestall nicht bemerkte und noch nicht einmal erwachte, als die Pferde wegen des Brandes schon wild wieherten und lautstark gegen die Holzwände traten. Das Feuer sprang über auf das Herrenhaus und zerstörte den linken Flügel bis auf die Grundmauern. Der rechte Flügel konnte gerettet werden. Der Pferdepfleger verbrannte zusammen mit allen Pferden.

Die Eiche, die Wilhelm zur Geburt seines Sohnes Heinrich vor das Haus gepflanzt hatte, wurde vom Feuer verschont. Sie hatte schon gut gewurzelt und ein kleines Schild mit der Aufschrift „Baum Heinrich" zierte den noch dünnen Stamm.

Sollte sie doch mal dem Haus und den Menschen Schatten bieten und Vögeln und Insekten ein Zuhause. Wusste man damals noch nicht viel vom Leben der Bäume und von der uns übermittelnden Energien, so setzte man doch intuitiv immer wieder neue Bäume, um diese Energien zu genießen oder aber auch den Stamm für den Bau eines Tisches zu nutzen.

Die Ställe und der linke Flügel wurden nicht mehr erneuert. Das Geld reichte dafür nicht mehr aus. Wilhelms Eltern Ludwig und Sofia, die den linken Flügel bisher bewohnten, mussten mit in den rechten Flügel ziehen, was der Schwiegertochter Tina nicht sehr gefiel. Hatte sie doch nach Heinrich 1795 jedes Jahr eine Fehlgeburt erlitten und gerade erst ein Mädchen zur Welt gebracht. Die Amme wohnte auch im Dachzimmer des rechten Flügels und jetzt auch noch die Schwiegereltern, die den Saal nun als Schlafgemach belegten und sich tagsüber in allen anderen Wohnbereichen aufhielten. Wie sollte man nun Gesellschaften geben können? Eine Schmach war es, auf so engem Raum zusammenzuwohnen.

Tina musste begreifen, dass sie nicht mehr die wohlhabende Frau Steurenhoff war. Es hatte sich viel verändert. Man galt nun als gutbürgerlich und wurde nur noch selten zu Veranstaltungen der angesagten Gesellschaft eingeladen. Viele Erbstücke waren verbrannt, die einen großen ideellen Wert hatten, aber auch Schmuck, Kleidung, Geschirr, Gemälde, Möbel. Da es nachts brannte, hatte jeder nur die Nachtkleidung auf dem Leib, als man sich ins Freie rettete. Tina hatte eine Woche vorher ihre Hochzeitskette, die sie von Wilhelm zur Hochzeit geschenkt bekommen hatte, zur Reparatur zur Gold- und Silberschmiede Engert nach Würzburg bringen lassen. Der Verschluss musste gerichtet werden. So hatte Tina noch ihren Ehering, den sie niemals abnahm, und die Kette. Der Schmuck ihrer Mutter und andere Stücke, die sie von Wilhelm bekommen hatte, waren verloren. Diese Kette aber, die sie nunmehr hüten sollte, wie ein ganz besonderer Schatz mit ganz besonderem Wert, wird sie weiter reichen an ihre Nachfahren.

Sohn Heinrich heiratete 1815 die Elisabeth Ochlak. Noch im gleichen Jahr wurden ihnen die Zwillinge Heinrich und Wilhelm geboren. Heinrich, der erstgeborene Zwilling hatte nur ein kurzes Leben, so dass Wilhelm das Gut erbte.

1844

Das Haus hatte den Glanz eines Herrenhauses aus alter Zeit verloren. Es war geschrumpft. Für damalige Zeiten immer noch ein schönes großes Haus, aber kein Herrschaftliches Haus mehr. Die Familie hatte einen guten Stand, durch die Ländereien und die Bewirtschaftung der vielen Obstbäume und Felder. 1854 wurde der Ludwigsbahnhof erweitert und Strecken ausgebaut. Erstmalig konnten die Erträge nach Bamberg und Aschaffenburg geliefert werden.

Wilhelm und Wilhelmine bewohnten derzeit das Haus mit ihren Kindern.

1834 kam die erste Tochter Hedwig zur Welt und 1837 Gottfried. Es folgten noch weitere Kinder mit den Namen Dorothea, Anna und Friedrich. Friedrich war ein zarter Junger, der sich gern als Kind mit Mädchen umgab. Mädchenspiele waren ihm lieber als die der rauen Gesellen. Friedrich wollte sich nicht so recht auf eine Frau einlassen, als es für ihn Zeit war zu heiraten. Man munkelte schon, dass er sich gern zu jungen Männern legen würde. Der Begriff Homosexualität wurde erst im Jahre 1886 durch den Schriftsteller Karl Maria Benkert geprägt. Benkert schrieb unter einem Pseudonym Kertbeny. Vorher sagte man hinter der vorgehaltenen Hand „er ist schwül" von kühl abgeleitete. Da man aber nicht „schwül" sein durfte, heiratet er mit 32 Jahren die Milli Wolbert, eine ferne Verwandte. Milli war eine junge Witwe mit einem kleinen Mädchen. Milli und Friedrich trafen eine geheime Vereinbarung. Sie lebten unter einem Dach in drei Schlafzimmern. Milli und das Kind wurden versorgt und hatten ein gutes Zusammenleben mit Friedrich. Einmal in der Woche fuhr Friedrich nach Würzburg und traf sich heimlich mit seinem Geliebten. Dieser war auch eine Scheinehe eingegangen. Nach 7 Jahren geheimen Treffens, wurde der Geliebte von seinem Schwiegervater zu Tode geprügelt. Der Schwiegervater heuerte 4 Gesellen an, die es vollbringen sollten. Es hat keine Anklage gegeben.

Als Wilhelm seine Wilhelmine kennenlernte waren beide noch sehr jung. Wilhelm war erst 19 Jahre, als er heiratete und Wilhelmine Bruns gerade 17 Jahre alt. 7 Monate nach der Heirat kam die kleine Hedwig zur Welt. Man munkelte, dass Wilhelmine schon schwanger war, als sie mit Wilhelm zusammengefügt wurde. Es ging alles sehr schnell. Der alte Bruns war ein sehr strenger Vater und nach dem Tod seiner Frau, musste Wilhelmine die Frau im Haus sein und für die kleinen Geschwister eine Mutter. Hatte der alte Bruns die Betitelung „Frau im Haus" wörtlich genommen? War Wilhelmine nach dem

Tod der Mutter Frau- und Mutterersatz? Welche Kungeleien fanden zwischen den Familien Bruns und Steurenhoff statt, nachdem herausgefunden wurde, dass Wilhelmine schwanger war? Wer war der Vater des Kindes? Sollte ich mich da noch weiter hineinvertiefen? Sollte ich versuchen eine Antwort zu erhalten? Ich war zu neugierig, ich musste eine Antwort bekommen. Ich meldete mich zu einem Familienstellen in einer psychologischen Praxis mit einem ganz besonderen Thema an. Ich wollte meine Familie im Jahre 1833 / 1834 aufstellen. Wilhelm, Wilhelmine, Wilhelmines Vater. Als meine Aufstellung an der Reihe war, stellte sich schnell heraus, dass auch Hedwig, die erste Tochter dazugestellt werden musste. Die fremden Menschen, die ich als Stellvertreter aus mehr als 20 anwesenden Zuschauern auswählte, konnten sich gut in meine Ahnen einfühlen. Wilhelm stellte sich schnell weiter weg von Hedwig und Wilhelmine schaute ihren Vater nicht an. Wenn er näher kam, fing sie an zu zittern vor Angst und Wilhelm sagte: „Hedwig ist nicht meine Tochter, ich fühle keine väterliche Liebe!" Hedwig schaute auf ihren Großvater und sagte: „Das ist mein Vater!" Mit einigen Affirmationssätzen wurde das Problem gelöst. Sobald man das Problem sieht, kann man es lösen. Für die Nachfahren ist es sehr wichtig, dass so ein Familiengeheimnis nicht im Verborgenen bleibt. Manche

Fragen werden unbeantwortet bleiben, die kann auch eine Familienaufstellung nicht herausbringen. Aber erfahrenes Unrecht kommt immer hervor und wird gelöst.

1862 - Gottfried und Ludmilla

Im Mai 1862 heirate Gottfried Ludmilla Borgmann. Am Tag der Hochzeit übergab Wilhelmine ihrer Schwiegertochter die Hochzeitskette, die die Braut des Erstgeborenen bei der Hochzeit tragen sollte. Ludmilla fühlte sich sehr geehrt, diese Kette der Familie tragen zu dürfen. Sie freute sich, jetzt zur Familie der Steurenhoffs zu gehören. Wie sehr hatte sie sich gewünscht, Gottfrieds Frau werden zu können. Zwei verwandte Seelen, die sich gefunden hatten und ihre Liebe leben durften. Keine arrangierte Hochzeit wie in vielen Generationen davor, die ein Leben oft in die Depression führte. Nein, sie durften lieben und leben als Ehepartner und Eltern.

Gottfried und Ludmilla waren kaum ein Jahr verheiratet, als Ludmilla schwanger wurde. Es war eine glückliche Zeit für das junge Paar. Als sich die Geburt von Wolfram ankündigte, wurde die Hebamme des Ortes gerufen. Sie richtete sich, nach kurzer Begutachtung der Mutter, auf eine lange Geburtsphase ein. Allerlei Kräuter wurden zur Schmerzlinderung als Tee aufgegossen und Werkzeug aufgekocht, damit es sauber wurde. An sterilen Werkmitteln dachte man noch nicht. Ludmilla lag nun schon Stunden in den kräftigsten Wehen, aber Wolfram wollte nicht kommen. Er lag falsch im Bauch und die Hebamme musste nun tätig werden. Sie versuchte den kleinen Burschen im Bauch herumzudrehen. Ludmilla wurde während der Prozedur ohnmächtig und atmete nur noch sehr flach.

Der kleine Kerl wurde mit Gewalt aus dem Mutterleib gezogen und Ludmilla so schwer verletzt, dass innerhalb kürzester Zeit das weiße Laken blutdurchtränkt war. Für Ludmilla konnte man nichts mehr tun.

Schnell wurde dem Kleinen die Nabelschnur mit einem dicken Flachsfaden abgebunden und von der Nachgeburt getrennt. Die Nachgeburt war nur zum Teil mit herausgezogen worden. Das Ende der noch so jungen Ludmilla war nicht mehr fern. Der Atem wurde immer flacher. Die Hebamme säuberte Ludmilla so schnell es ging, legte ihr den kleinen Sohn in den Arm und rief nach dem Vater. Gottfried sollte seine Frau noch lebend begegnen. Er erschrak, als er seine geliebte Frau so leichenblass im Bett liegen sah. Die Hebamme schüttelte mit dem Kopf und Gottfried brach in Tränen aus. Keinen Blick hatte er für das Kind.

Drei Tage später wurde Ludmilla auf dem Friedhof des kleinen Gutes beerdigt. Schon einige Ahnen lagen auf diesem Gelände. Gottfried dekorierte auf dem Paravent im Schlafzimmer Ludmillas Hochzeitskleid, Schuhe und die Kette, die sie zur Hochzeit trug. So fühlte er Ludmilla in seiner Nähe.

Gottfrieds Eltern ließen ihm ein Jahr Zeit zu trauern und drängten dann – auch zum Wohle des Kindes – sich nach einer neuen Frau umzusehen. Die Amme kostete viel Geld und die Leute sollten nicht schlecht reden über das Haus, in dem der Hausherr mit Amme, Köchin und Dienstmädchen lebte. Zwar merkte man in Würzburg nicht viel vom Deutsch-Dänischen Krieg 1864, aber man konnte nicht wissen, wie es sich entwickelte und auch die Männer der Familie Steurenhoff in den Krieg ziehen mussten.

Schnell war die jüngere Schwester Ludmillas als richtige Nachfolgerin gefunden. Das Geld sollte ja in der Familie bleiben. Auch sah Hedwig der Ludmilla ähnlich, was für Gottfried nicht ganz unbedeutend war. Es stellte sich allerdings schnell heraus, dass Hedwig nicht Ludmilla war. Gottfried empfand zwar einige Sympathien für Hedwig, aber Liebe war es nicht. Trotzdem hatten Hedwig und Gottfried während ihrer Ehe 8 Kinder zusammen. Ein Zwillingspaar war auch darunter, das während des kurzen Krieges vom 14. Juni bis 23. August 1866 geboren wurde. Auch in diesem Krieg, in dem es um Rivalitäten zwischen Österreich und Deutschland ging, blieb Würzburg verschont.

Das dritte Kind der beiden war ein kränkliches Mädchen, das nur 6 Jahre alt wurde. Man wusste nicht, warum das Kind immer dünner und schwächer wurde, bis es eines Tages an Schwindsucht verstarb. An dem Tag saßen Vater und Mutter am Bett des Mädchens. Die Mutter hielt die Hand der Kleinen und weinte still vor sich hin. Gottfried erinnerte sich an den Tag, als er Ludmilla – seine geliebte erste Frau – in ihren letzten Minuten die Hand hielt. Als das Mädchen seinen letzten Atemzug tat, erfüllte sich der ganze Raum mit Licht. Eine Geistgestalt, die Ähnlichkeit mit Ludmilla hatte, wurde sichtbar. Die Gestalt hatte so etwas wie weiße Flügel hinter dem Rücken und strahlte Frieden, Harmonie und Liebe aus. Dieses Geistwesen streckte dem kleinen Mädchen die Arme entgegen und aus seinem Leib trat der Astralkörper heraus und ging dem Wesen entgegen. Der Astralkörper sah aus wie das Mädchen auf dem Bett, nur leicht durchsichtig. Aus seinem Gesicht waren alle

Qualen verschwunden, es strahlte Glückseeligkeit aus, drehte sich noch einmal zu den Eltern um, winkte ihnen zu und war auf einmal mit dem Geistwesen verschwunden. Hedwig glaubte zu träumen, aber Gottfried war sich in diesem Augenblick sicher, dass seine Ludmilla das Mädchen empfangen hat und nun gut auf sie aufpassen wird.

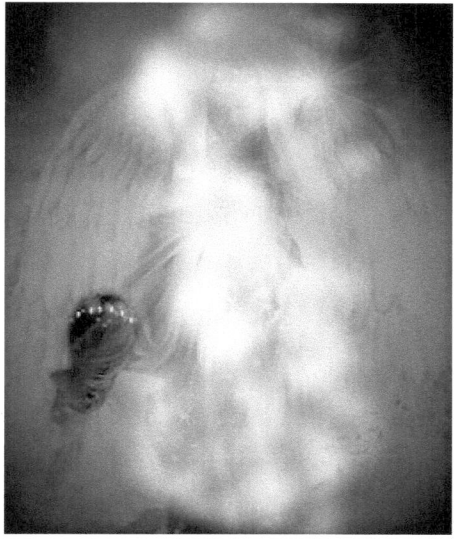

Hedwig widmete sich nach dem Tod ihres Kindes ihren Zeichnungen. Sie zeichnete Blumen und Gärten und entwarf ganze Parkanlagen.

Wenige Jahre später, urplötzlich, einem Donnerschlag gleich, erklärt Frankreich am 17. Juli 1870 Preußen den Krieg. Stolz und Ehre, waren offenbaren nur ein Teil der Motive, die dieser Kriegserklärung von 1870 zugrunde liegen. Auslöser war der Streit zwischen Frankreich und Preußen um die Frage der spanischen Thronkandidatur eines Hohenzollernprinzen. Otto von Bismarck ließ die Emser Depesche, mit der er darüber informiert worden war, dass König Wilhelm I. die französischen Forderungen abgelehnt hatte, in provokant verkürzter Form veröffentlichen. Dies veranlasste Kaiser Napoleon III. am 19. Juli 1870 zur Kriegserklärung an Preußen. Das II. Königlich Bayerisches Armee-Korps aus Würzburg nahm unter General Jakob Freiherr von Hartmann am Deutsch-Französischen Krieg teil. So schnell wie er begonnen hatte, war er am 10. Mai 1871 zu ende.

Wieder hatte die Familie gefallene Familienmitglieder zu beklagen. Während des kurzen Krieges mussten sie alle auf dem Gut hart arbeiten, weil alle Männer eingezogen wurden. In dieser Zeit ruhte Hedwigs Liebe fürs Zeichnen.

Als die Parkanlage im Steinbachtal 1895 durch den Verschönerungsverein Würzburg errichtet wurde, gab Hedwig dem Verein ihre Entwürfe. Zwei ihrer Entwürfe wurden mit in die Gestaltung einbezogen. Zwar waren einige beteiligte Männer des Gremiums gegen die

Einbringung einer Frau, aber ihr Können ließ sich nicht übersehen.

Gottfried wurde aufgrund seiner vorzuweisenden Ahnenreihe von guter Herkunft in den Bund der Freimaurer „Zu den zwei Säulen am Stein" gegründet am 01. Oktober 1871 in Würzburg, aufgenommen. Familiär bedingt kannte er sich mit dem Freimaurertum aus. Die „Alten Pflichten" von James Anderson aus dem Jahre 1723 bilden sozusagen das Grundgesetz der regulären Freimaurerei. Friedliebend soll ein Freimaurer sein, die brüderliche Liebe pflegend, Zank und Streit, üble Nachrede und Verleumdung meidend.

Eine Tafel aus Ton mit diesem Zeichen zierte ab sofort den Eingang des Hauses. Zirkel, Winkel, Hammer, rauer Stein, kubischer Stein, Winkelwaage, Senkblei, Totenkopf und Pentagramm sind die Zeichen der Freimaurer. Der raue Stein zum Beispiel symbolisisert, dass man an sich selbst arbeiten solle, die Persönlichkeit schleifen. Der Totenkopf soll einem die Vergänglichkeit vor Augen führen, um weise zu leben.

Gottfried besuchte die Treffen der Männer im Logenhaus. Hier ging man u.a. auch dem Brauchtum nach Rituale auszuüben. Durch das Fokussieren auf überlieferte ruhige Bewegungsabläufe, Worte und

Handlungen, sollte man das Tagesgeschehen hinter sich lassen. Durch diese Zeremonie wird die Loge geöffnet. Danach folgen Gespräche und zum Abschluss das Schließen der Loge durch eine weitere Zeremonie.

1887 wurde das Gut an den Sohn Wolfram übergeben. Wolfram nahm Gertrud Flucks zur Frau. Sie bekamen zuerst drei Mädchen und zuletzt den Erben Johannes im Jahre 1900. Johannes war mein Großvater.

Gertrud

Recherchen in alten Stadtarchiven

Diese Träume und Eingebungen, die mir wiederfahren, möchte ich nachgewiesen haben. Was lässt sich noch aufdecken? Welche Familiengeheimnisse sind noch im Verborgenen und wollen gesehen werden. Was kann mir das Archiv der Stadt belegen? Was kann ich in alten Kirchenbüchern finden?

Ich erkundige mich bei der Stadt Würzburg und bei den umliegenden Kirchengemeinden, an wen ich mich zu wenden hatte, um an Informationen zu kommen.

Eine Kirchengemeinde war sehr aufgeschlossen für meine Recherchen und erlaubte mir, während der Öffnungszeiten des Pfarrbüros, die Kirchenbücher, die in einem Safe lagerten, einzusehen.

Oh je, was war das für eine Arbeit. Jedes Jahrbuch musste ich Zeile für Zeile nach dem Namen absuchen und notierte das Gefundene. Leider war einiges auch sehr undeutlich geschrieben. Eine Woche lang saß ich Tag für Tag in einem kleinen Zimmer und versuchte meine Neugierde zu stillen.

In einem der Bücher war auf der ersten Seite folgendes zu lesen:

Wenn du deine Ahnen sehen könntest, wenn sie alle vor dir stünden, wüsstest du mehr als ihre Daten, wann sie geboren, wann sie gingen?

Das alleine wär' zu wenig, bitte sei zu mehr bereit, sie alle hatten vor dir ihr Leben, durchlebten alle Freud und Leid.

Wenn du deine Ahnen sehen könntest, wärst du auf sie stolz? Wär'n Grafen, Ritter, Edelleut' und Bauern aus einem Holz?

Erfreut dich nur der eine, der im Licht der Helden steht, oder grüßt du auch den armen Schlucker, der sein Brot umdreht?

Wenn du deine Ahnen erleben dürftest, in ihrer eignen Welt, dann wüsstest du, was in ihrem Leben wirklich war von Wert.

Ein Dach, das die Familie schützt, ein Feuer, etwas Brot, wenn Friede herrscht, kein Kind ist krank, dann ist auch keine Not.

Wenn du deine Ahnen treffen könntest, was sagten sie zu dir? Dass du bald selbst ein Ahne bist, ein Name auf Papier.

Nun überleg dir, was man später sich von dir erzählen wird und behandle jeden Ahnen mit dem Respekt, der ihm gebührt.

Verfasser Unbekannt

Bei den öffentlichen Ämtern sah es ein bisschen anders aus. Ich musste Suchaufträge gezielt nach einer Person stellen. Sie rechneten jede Viertel-Stunde ab. Da ging so mancher Schein ins Land. Aber meine Neugierde konnte zum Teil gestillt werden. Das Internet gab zu einigen Personen auch noch Informationen. Gelehrte zum Beispiel befanden sich in Lehrbüchern gelistet, gefallene Personen des 1. und 2. Weltkrieges konnte man Verlustlisten entnehmen und Auswanderer den Passagierlisten der Schiffe.

Abschießend konnte ich dann folgende Ahnentafel erstellen:

Anno 1590 - Melchior von Steuren wird im Steinbachtal bei Würzburg geboren. Er heiratet 1617 die Hildegard Schmieders, eine Tochter eines reichen Kaufmanns. Ihre

Erstgeboren waren Hildegardis und Hildegunde 1618. Beide Mädchen starben bei der Geburt. 1620 wurde Johannes von Steuren geboren, 1633 seine jüngste Schwester Wilhelmine Steurenhoff.

Johannes heiratete 1642 Paula Wilmers. In die Heiratsurkunde wurde er mit Namen Steurenhoff eingetragen, obwohl seine Geburtsurkunde den Namen Johannes von Steuren trug. Evtl. ist während der schwedischen Besetzung im 30-jährigen Krieg aus irgendeinem Grunde eine Änderung erfolgt.

Familienwappen

Kirchenbuch

Erster Eintrag im Kirchenbuch, der auffindbar war:

1643 Geburt Sohn Johannes

1665 Hochzeit Johannes und Marianna Tuchmacher

1668 Geburt Zwillinge Marianne und Johann

1669 Tod Marianne mit knapp einem Jahr

1680 Geburt Heinrich

1692 Hochzeit von Johann und Brunhild von Schneider (spurlos verschwunden 1695)

1709 Hochzeit Johann und 2. Frau Josepha Laumann

1712 Geburt Jakob

1717 verstirbt Johann während einer Jagd

1734 Hochzeit von Jakob und Maria Schneider

1735 Geburt Josefine

1737 Geburt Ludwig

1762 Hochzeit von Ludwig und Sofia Paulinska

1765 Geburt Ludowiga, verstirbt 3 Tage nach der Geburt

1769 Geburt Wilhelm

1794 Hochzeit von Wilhelm und Tina Bruckmann

1795 Geburt Heinrich

1815 Hochzeit von Heinrich und Elisabeth Ochlak

1815 Geburt Zwillinge Heinrich und Wilhelm

1821 Tod Heinrich

1834 Hochzeit von Wilhelm und Wilhelmine Bruns

1834 Geburt Hedwig

1837 Geburt Gottfried

1862 Hochzeit von Gottfried und Ludmilla Borgmann

1863 Ludmilla verstirbt bei der Geburt ihres ersten Kindes Wolfram

1865 Gottfried heiratet seine 2. Frau Hedwig Borgmann, die jüngere Schwester der Ludmilla

1887 Hochzeit von Wolfram und Gertrud Flucks

1900 Geburt Johannes

1928 Hochzeit von Johannes und Paula Czwalinska

Paula wurde 1943 hingerichtet

1929 Geburt Frieda

1931 Geburt Gottfried

1955 Hochzeit Gottfried und Theresia Wulf

1960 Geburt Christine – ich

1990 Jens mein Sohn

1994 Markus mein Sohn

2021 Mein erster Enkel

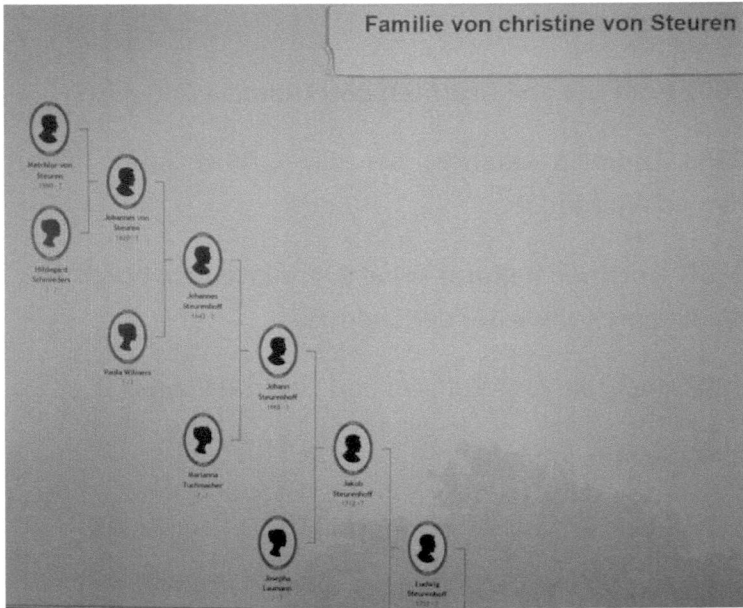

1916 – Erster Weltkrieg

Der Erste Weltkrieg wurde von 1914 bis 1918 in Europa, im Nahen Osten, in Afrika, in Ostasien und auf den Ozeanen geführt. Etwa 17 Millionen Menschen verloren durch ihn ihr Leben. Kriegshandlungen fanden in Würzburg und Umgebung nicht statt. Zwischen 1900 und 1920 wohnten in dem Haus Wolfram und Gertrud mit ihren Kindern Johannes, Clemens, Amalia, Hedwig, Hildegard und Cäcilia, eine Köchin und ein Hausmädchen. Wolfram, Johannes und Clemens wurden einberufen, so dass der Haushalt nur noch aus Frauen bestand.

Wolfram mit seinem Bruder Ludwig

Im 17. Jahrhundert hatten die Erbauer des Hauses noch mehr Land drum herum durch eine Erbschaft erhalten. Obstbäume, Kartoffeln und Getreide wurden darauf ab 1840 angebaut. Zur Bewirtschaftung der Ländereien stellte man bei Bedarf Tagelöhner ein, die in erster Linie Männer waren. Jetzt aber in Kriegszeiten wurden Frauen für die Arbeit angeworben und erstmalig mussten auch die Frauen der Familie Steurenhoff hart arbeiten. Johannes war erst 16 und Clemens 14 Jahre alt, als sie einen Helm und eine Waffe erhielten. Clemens war erst 6 Monate an der Front, als er sein Leben ließ. Johannes kam mit einem seelischen Schaden am Kriegsende zurück. Er benötigte Jahre, um vergessen zu können. Erst 1928 heiratete er die Paula Czwalinska, die er auf dem Mozartfest der Stadt Würzburg kennenlernte. Sie bekamen nur 2 Kinder. Frieda und Gottfried. Gottfried war mein Vater.

Johannes räumte in seinem Leben und seiner Umgebung auf. So fällte er große alte Bäume, um mehr Landwirtschaft betreiben zu können und mehr Stellflächen für Hütten zu haben, um die Ernte zu lagern. Einen großen Eichenbaum vor dem Haus ließ er aber stehen. Er war gut gewachsen und bot Schutz gegen die Sonne im Sommer.

Gottfried

Im Jahr 1930 wurde das Gebiet südlich des Steinbachs als Teil der Stadt Heidingsfeld in die Stadt Würzburg eingemeindet. Die Straßenbahn bog ab diesem Zeitpunkt nicht mehr zum Waldhaus ab, sondern fuhr gerade weiter bis ins Zentrum Heidingsfelds. Von nun an war man nicht mehr das abgeschirmte Waldstück von Würzburg. Immer mehr Häuser wurden um das Steinbachtal herumgebaut und brachte die Stadt Würzburg immer näher. Viel Wald musste gerodet werden, um den Siedlungen Platz zu machen.

1943 – Zweiter Weltkrieg

Der Zweite Weltkrieg (1939–1945) war der zweite global geführte Krieg sämtlicher Großmächte im 20. Jahrhundert. Er begann in Europa mit dem deutschen Überfall auf Polen am 1. September 1939.

Bereits seit der „Machtergreifung" der Nationalsozialisten im Jahr 1933 war die Bevölkerung durch Propagandamaßnahmen auf den bevorstehenden Krieg vorbereitet worden. 1935 wurde mit der Wiedereinführung der allgemeinen Wehrpflicht in der Würzburger Stadtverwaltung das Wehramt eingerichtet. Ab dem Kriegsausbruch war dieses für die komplette Kriegsbewirtschaftung zuständig und verwaltete u.a. die Lebensmittelkarten.

Ein Land nach dem anderen erklärte dem DRITTEN REICH den Krieg: Es begann mit Polen am 1.9.1939, dann zwischen dem 3. und 7.9.1939 Großbritannien, Frankreich, Australien, Indien, Neuseeland, Südafrikanische Union, Kanada, zwischen dem 9.4.1940 und 10.5.1940 Norwegen, Dänemark, Niederlande, Belgien, Luxemburg, vom 6.4.1941 bis 16.12.1941 Jugoslawien, Griechenland, UdSSR, China, USA, Kuba, Dominikanische Republik, Guatemala, Nicaragua, Haiti, Honduras, El Salvador und Tschechoslowakei. Die

Weihnachtstage ließ man verstreichen und zwischen dem 13.1.1942 und 9.10.1942 Panama, Mexiko, Brasilien, Abessinien. Weiter ging es am 16.1.1943 bis 29.11.1943 mit Irak, Bolivien, Iran, Italien, Kolumbien. Zwischen dem 26.1.1944 und 31.12.1944 Liberia, Rumänien, Bulgarien, San Marino.

Zwischen dem 2.2.1945 und dem 27.3.1945 kamen noch Ekuador, Paraguay, Peru, Uruguay, Venezuela, Türkei, Ägypten, Syrien, Libanon, Saudi-Arabien, Finnland und Argentinien dazu.

Die Länder die zeitweise Verbündete waren, sind:

Italien, Japan, Bulgarien, Finnland, Kroatien, Rumänien, Slowakei und Ungarn.

Spanien stellte eine Freiwilligen-Division in deutscher Uniform zum Kampf gegen die Sowjetunion.

Im Verlauf der Kriegsjahre wurden 13 Lager für Kriegsgefangene in der Stadt Würzburg eingerichtet Die dort untergebrachten Russen, Franzosen und Belgier waren als Arbeitskräfte gefragt. Darüber hinaus kamen auch ca. 6000 bis 9000 Fremdarbeiter in Industrie und Gewerbe zum Einsatz. Auch Zwangsarbeiter wurden zahlreich beschäftigt.

Nach einigen kleineren Luftangriffen, erfolgte ein erster größerer Luftangriff auf Würzburg am 21. Juli 1944. Aber erst zum Ende des Krieges, am 16. März 1945 wurde Würzburg stark bombadiert.

Bei meinen Recherchen ist mir aufgefallen, dass auch 20 Jahre nach dem 1. Weltkrieg noch Dienstboten ihre Meldeadresse auf dem Gut hatten. Also war das Gut finanziell noch nicht schlecht aufgestellt. Erst ab 1949 lebten ausschließlich Familienangehörige dort.

1938 wohnten eine Köchin mit ihrem 4-jährigen Sohn und ein Dienstmädchen auf dem Gut. Das fand ich wieder spannend, weil diese Köchin einen jüdischen Namen trug und im Melderegister von 1943 nicht mehr aufgeführt war. Es gab keine Ummeldung oder Abmeldung. Ich wollte mehr wissen. Die Köchin, die bis 1943 dort mit ihrem Sohn gemeldet war, hieß Judith Goldmann und ihr Sohn Jacob. Das Hausmädchen trug den Namen Ida Ochlak. Zwangsarbeiter halfen bei der Obsternte, wurden aber nicht registriert.

Ich begab mich in das schon zu 50 Prozent sanierte Haus und stellte mich auf meine Ahnen und auf die Begebenheit ein, die ich geklärt haben wollte. Schon so oft hatte man mir etwas zugeflüstert oder mich etwas sehen lassen. Die Menschen, die in dem Haus einmal lebten, gaben ihre Erinnerungen an mich weiter. Ich war ein Nachfahre, der endlich Licht in die Dunkelheit bringen sollte.

Ich vertraute darauf, dass sich die Verstorbenen zum Teil ihr Gewissen erleichtern oder Unrecht durch die Aufdeckung umwandeln wollen.

Ich ging in die Meditation, was aufgrund meines Ansinnens nicht so einfach war. Nach einiger Zeit schlief ich aber mehr oder weniger ein. Ich sah spielende Kinder auf dem Gutshof und meinen Großvater Johannes, wie er sich bereit machte um in den Krieg zu ziehen und ich sah meinen Vater Gottfried, der noch ganz jung mit einer Waffe aus Holz durch den Wald streifte und mit anderen Jungen spielte. Er hatte Glück, dass er noch keine 12 Jahre alt war, sonst hätte man ihn vielleicht schon eingezogen. Kinder der helfenden Personen liefen spielend durch die Obstplantage. Sie brauchten nicht viel um glücklich zu sein. Es war warm, es gab Kartoffeln, Gemüse und Obst und sie hatten ein Dach über dem Kopf.

Viele Menschen schliefen in einem Zimmer, aber Kinder störte das nicht. Hier auf Gut Steurenhoff ging es allen noch verhältnismäßig gut. Die Kinder mussten bei der täglichen Arbeit und der Ernte mithelfen. Kleidung gab es nicht viel für die Kinder. Wenn man herausgewachsen war, wurde aus alter Kleidung etwas anderes gefertigt. So bekamen auch die Mädchen auf dem Gut Hosen an und Jungen schon einmal umgeänderte Mädchenjacken. Wanderschneiderinnen kamen und blieben einige Tage, um Ausbesserungsarbeiten zu erledigen. Als Ausgleich bekamen sie Nahrung.

Spielende Kinder auf dem Gutshof

Dann wechselte das Bild und ich sah meine Großmutter weinend am Tisch in der Küche. Sie las einen Brief von ihrem Bruder, der an der Front diente. Eine Frau stand am Herd und bereitete ein karges Mahl zu, ihr kleiner Junge spielte auf dem Boden mit einem Auto aus Holz. Die Frau und ihr Sohn hatten schönes dichtes, dunkles Haar.

Jacob   Judith

Meine Großmutter schreckte auf, als Autos auf den Hof fuhren und schickte eilig die Köchin mit ihrem Sohn auf den Dachboden ins Turmzimmer. Die beiden versteckten sich in einem alten Schrank hinter viel Gerümpel. Sechs Männer und eine Frau standen vor Haustür. Sie hatten Schusswaffen in den Händen. Als meine Großmutter öffnete, stürmten sie sogleich durch das ganze Haus. Jeden Winkel durchsuchten sie. Auf die Frage meiner Großmutter, was sie suchen würden, antwortete einer der Männer: „Sie werden bezichtigt Juden in ihrem Haus aufgenommen zu haben." 1936 wurde die jüdische Kulturgemeinde offiziell aufgelöst und 1938 während der landesweiten Pogromnacht unter anderem die jüdische Synagoge in der Domerschulstraße dem Erdboden gleichgemacht.

Ab 1940 werden jüdische Bürger in sogenannte "Judenhäuser" eingepfercht und ab 1942 schließlich deportiert. Seit 1940 arbeitete diese früher mal wohlhabende Frau in dem Haushalt meiner Großmutter und versteckte sich dort mit ihrem Sohn. Ihr Mann lebte nicht mehr.

Meine Großmutter wurde leichenblass und antwortete nichts auf die Beschuldigung. Es dauerte nicht lange, da hörte sie zwei Schüsse auf dem Dachboden. Man hatte Judith und ihren Sohn im Schrank gefunden. Die Frau, die mit den sechs Männern gekommen war, hatte beide erschossen. Man ließ sie arglos liegen, nahm meine Großmutter wie eine Schwerverbrecherin fest und überstellte sie einem schnellen Gerichtsverfahren. Schon am nächsten Tag wurde auch sie hingerichtet. Die Familie konnte den Leichnam nicht beerdigen. Sie wurde der Familie nicht übergeben.

Als ich meine Augen öffnete, bemerkte ich, dass ich geweint hatte. Was war nur alles in diesem Haus geschehen? Wollte Judith mir zeigen, dass meine Großmutter für sie und ihren Sohn gestorben war? Wollte sie ihr danken?

Meine Familie sprach nicht viel über Großmutter, hatte sie sich doch widersetzt und Juden aufgenommen und die ganze Familie in Gefahr gebracht. Meine Großmutter war sehr gläubig und sagte immer: „Vor Gott sind wir alle gleich"! Wenn Sie jemand mit „Heil Hitler" grüßte, sagte sie oft: „Gelobt sei Jesus Christus!" „Sie ist selbst schuld an ihrem Unglück", meinte man 1943.

Johannes und Paula

Wenn der kleine Raum, – so groß wie ein Schrank – der 1667 entstanden war, noch im Keller zugänglich gewesen wäre, dann hätte die SS Judith und ihren Sohn

Jocob nicht gefunden und meine Großmutter wäre nicht hingerichtet worden. Was für ein Unrecht.

Auch die Geschichte der Hedwig Mathilde Müller ist stellvertretend eine Erinnerung wert. Frau Müller hatte ein kleines Geschäft für Reform- und Kräuterprodukte in der Münzgasse. Trotz des Verbots durch das Regime blieben jüdische Mitbürger in diesem Geschäft gern gesehene Kunden. 1939 trieben die anhaltenden Schikanen der Gestapo Frau Müller schließlich in den Freitod. Sicher konnte man aber nicht sein, dass es nur so aussehen sollte, als hätte sie sich umgebracht.

1945

Eine Schwester meiner Großmutter Paula, die den Namen Hildegard trug, war mit ihren beiden Töchtern zu Kriegsbeginn von Würzburg nach Königsborn bei Magdeburg gezogen. Ihr Mann war gleich zu Beginn eingezogen worden und galt seit 1944 als vermisst. Man hatte ihr versichert, dass der Krieg bis Königsborn nicht kommen würde. Damit lag man aber falsch. Hildegard arbeitete auf einem Gut eines reichen adeligen Großgrundbesitzers und die Kinder spielten mit den anderen Kindern der dort arbeitenden Tagelöhner und waren beschäftigt.

Bis 1945 gab es in Königsborn einen Stahlhändler, einen Schuhmachermeister, einen Fachhändler Lorenz, den Kaufmannsladen Neumann, den Agrarproduktehandel Keddig und eine Backstube der Familie Meimart. Außerdem gab es eine Poststation, zwei Gärtnereien und drei gastronomische Betriebe. Es war ein Ort, an dem man sich wohlfühlen konnte.

Schon nach wenigen Wochen hatte der Gutsbesitzer ein Auge auf Hildegard geworfen. Sie war wie auch ihre Schwester eine schöne Frau. Es dauerte aber ein Jahr, bis Hildegard den Gutsbesitzer heimlich traf. Aus der anfänglichen Liebelei wurde schnell Liebe. Der Gutsbesitzer ließ Hildegard mit den beiden Mädchen in seine Jagdhütte weit außerhalb des Gutes ziehen und besuchte sie täglich. Am 5. Mai 1945 wurde Königsborn von den sowjetischen Truppen auf ihrem Marsch gegen Magdeburg überrollt. Es war an der Zeit, dass die Deutschen und Deutschstämmigen das Gebiet verlassen sollten. Ende Januar 1945 stieß die Rote Armee an das Frische Haff südlich von Königsberg vor. Damit war Ostpreußen eingekreist, der Weg nach Westen versperrt. Bis zuletzt hatte Gauleiter Erich Koch, ein fanatischer Nazi, der Zivilbevölkerung die Flucht verboten. Nun saßen die Menschen in der Falle, während 250.000 Soldaten der 3. Weißrussischen Front zum Sturm auf die von Hitler zur Festung erklärte Stadt ansetzten. Nach den Verbrechen, die die Deutschen in der Sowjetunion begangen hatten, lag zum ersten Mal eine deutsche Großstadt vor den Rotarmisten.

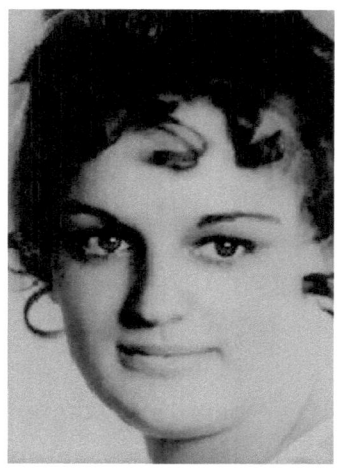

Hildegard

Aber so tief im Wald war Hildegard mit den Kindern sicher. Lange konnte der Krieg ja nicht mehr dauern. 1946 kam dann ihr gemeinsamer Sohn Wilhelm zur Welt. Der Gutsbesitzer, dem keine Kinder mit seiner

Frau beschert wurden, dachte über die Trennung von seiner Frau nach, um Hildegard, die er wirklich liebte, zur Frau zu nehmen. Als der Gutsbesitzer sich mit seiner Frau aussprach und eine Trennung in Erwägung gezogen wurde, kam Hildegards Ehemann 1946 aus der Gefangenschaft zurück. Er hatte Hildegard suchen müssen, weil man ihm auf dem Gut keine genaue Auskunft gab. Der Mann staunte nicht schlecht, als er seine Frau mit einem kleinen Jungen im Arm erblickte. Das war nach all der Schmach, die er in der Gefangenschaft erleben musste, noch ein weiterer Stich ins Herz. Als Hildegard begriff, wie sehr ihr Mann durch die Gefangenschaft gebrochen war, und nur der Gedanke an die Frau und seine zwei Mädchen ihn am Leben gehalten hatte, ging sie mit ihm zurück in die Stadt, aus der sie gekommen war. Sie trennte sich vom Gutsbesitzer, der aber bis zu seinem Tod die Verantwortung für seinen Sohn übernahm. Sie kamen überein, dass der Sohn in dem Glauben aufwachsen solle, er sei der leibliche Sohn des aus der Gefangenschaft gekommenen Soldaten. Ein Nachrechnen hätte den Sohn eigentlich darauf bringen können, dass er nicht der leibliche Vater ist, zumal dieser lange in der Gefangenschaft war.

Durch die 1945 von den alliierten Kriegsgewinnern im Potsdamer Abkommen vereinbarten Bodenreform wurde auch der Gutsbesitzer Königsborns 1946 enteignet, die Ländereien unter 35 Neubauern aufgesiedelt und die beiden Schlösser ins Volkseigentum überführt. Dem Gutsbesitzer gelang es mit einigem Habe nach Bremen zu kommen und sich dort eine neue Existenz aufzubauen.

Hildegard, ihr Mann und die drei Kinder verbrachten zuerst eine Zeit auf dem Gut Steurenhoff, bis sie eine endgültige Bleibe in der ausgebommten Heimatstadt fanden. Hildegard bekam nach Jahren große Schwierigkeiten mit ihrem Herzen. Sie hatte ein gebrochenes Herz und ihr blieb die Luft zum Atmen weg, weil sie ihren Geliebten so sehr vermisste. Sie blieben per Brief über die Jahre in Verbindung, weil immer ein Brief für den gemeinsamen Sohn zugefügt wurde. Dem Sohn teilte man mit, dass der Gutsbesitzer der Patenonkel wäre. Erst nach dem Tod der Eltern und beim Ausräumen der Wohnung entdeckte der Sohn eine Schatulle mit Bildern. Als er diese Bilder durchstöberte, hielt er ein Bild in den Händen von seinem Patenonkel, der genauso aussah wie er selbst.

Seine Nachforschungen ließen ihn erstarren. Dieser Mann war sein leiblicher Vater, der die gleichen Interessen wie er hatte und der ihm ein Leben in Wohlstand hätte bieten können. Wie konnte seine

Mutter es zulassen, dass er seinen Vater nicht einmal mehr gesprochen hatte, nachdem sie Königsborn verließen. Wie konnte man so eine Entscheidung treffen? Sein leiblicher Vater war nun schon einige Jahre verstorben, das Erbe verteilt und nur noch eine Anlaufstelle für ihn vorhanden. Der jüngere Bruder des Vaters lebte noch. Mit diesem Onkel nahm er Kontakt auf. Als er das Haus seines Onkels betrat, rief dieser aus: „Er sieht aus wie sein Vater!" Dieser Onkel war bereit einen DNA-Test zu machen, um dem verlorenen Sohn jetzt die Chance zu geben, dazuzugehören. Nach Bekanntgabe des Testergebnisses durfte er den Namen seines Vaters tragen.

1960 - Christine wird geboren

Im Winter 1960 wurde ich als Kind von Gottfried und Theresia Steurenhoff geboren. Das große Gut war über die Jahrhunderte geschrumpft. Das Haus hatte keinen Glanz mehr, aber durch die immerwährenden Reparaturen noch so erhalten, dass man es bewohnen konnte und das Grundstück bot eine Menge an Früchten, Gemüsen und Kartoffeln für den eigenen Gebrauch. Meine Mutter fühlte sich in diesem Haus nie

wohl. Sie sagte immer so dahin: „Dieses Haus spricht!"
Wir wussten damals nicht, was sie damit meinte. Heute
verstehe ich das. Als ich klein war, hatte ich Angst allein
zu schlafen, ich fühlte manchmal die Präsenz der Ahnen
in dem Haus. Zwar konnte ich es nicht in Worte fassen,
ließ mich aber viele Jahre von meinen Eltern beschützen,
indem ich mich zwischen sie ins Bett legte.

Als wir dann irgendwann umzogen, blieb dieses Haus
unbewohnt. Ich hatte keine Sehnsucht nach diesem
alten Gemäuer mit Seele. Ich glaube, ein Mensch muss
erst reifen, um seine Wurzeln zu suchen. Zuerst ist vieles
andere wichtig im Leben. Um ein Haus bzw. die Ahnen
zu hören, muss man sich frei von allen Zwängen machen
und seiner Intuition vertrauen. Vielleicht mussten die
Ahnen so lange warten, bis eine Person der Nachfahren
bereit war, sich auf sie einzulassen.

Zu meiner Hochzeit erhielt ich die Hochzeitskette der
Ahnen, obwohl ich nicht die Frau des Erstgeborenen bin.
Ich bin eine Tochter der Familie. Auch ich habe die Kette
zu meiner Hochzeit mit Stolz getragen. Es war etwas
ALTES und ich trug etwas NEUES. Mein Mann hatte mir
zu meiner Überraschung einen Ring zur Kette fertigen
lassen. Zur Geburt des ersten Kindes bekam ich ein
Armband   dazu.   Die   Kette   habe   ich   meiner
Schwiegertochter zur Hochzeit überreicht und nach

meinem Ableben bekommt sie das Armband und den Ring dazu. Ich hoffe, dass ihr bewusst ist, dass diese Schmuckstücke eine besondere Bedeutung haben und ich hoffe, dass sie das Erbe weiterreichen wird.

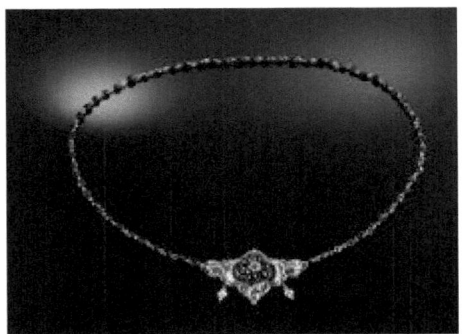

2005 – Einweihung

Zwischen der Umsetzung des ersten und des letzten Gedankens vergingen fast 5 Jahre. Das Turmzimmer und der gesamte Anbau sind verschwunden. Jetzt war es soweit, das Haus war fertiggestellt. Viele Menschen werkelten in und an dem Haus herum. Wir hatten es mit

Fertigstellung nicht eilig, aber jetzt konnten wir Einladungen versenden an die gesamte Familie, die den gleichen Namen trugen oder mit der Familie in irgendeinem verwandtschaftlichen Verhältnis standen. Eine große Einweihungsparty sollte stattfinden, die gleichzeitig auch der Vermarktung diente. Es waren vier Wohnungen in dem Haus meiner Ahnen entstanden. Eine Wohnung sollte der Altersruhesitz für meinen Mann und mich sein. Wir wählten die Wohnung im linken Flügel mit 2 Terrassen und Gartenanteil. Der Architekt Ludwig hatte die untere Wohnung rechts genommen. Aus irgendeinem Grunde zog es ihn immer wieder zu diesem Haus. Vielleicht war er doch ein Nachfahre des vertriebenen Bauern aus alter Zeit. Zumindest habe ich sein Interesse für die Ahnenforschung geweckt.

Die beiden oberen Wohnungen standen zur Vermietung oder Verkauf frei. Natürlich mieteten andere Familienmitglieder, die mütterliche Vorfahren in diesem Haus wohnen hatten, diese Wohnungen. Mir war klar, dass ein Fremder bei den Ahnen keine Chance gehabt hätte.

Die Ahnen haben uns gerufen, um dieses Haus mit dem wunderbaren Anwesen für die Familie zu erhalten. Sie wollten erzählen, was sich alles in dem Haus und auf dem Anwesen zugetragen hatte in den zurückliegenden Jahrhunderten. Sie wollten Rechenschaft abgeben für Unrecht aus Unwissenheit oder Boshaftigkeit und Unrecht, das auch durch Fremde entstanden ist. Sobald man es erkennt, ist es gelöst. Die Ahnen kommen zur Ruhe.

2020 - Ein Enkel ist unterwegs

Mein Mann Max und ich wollten eigentlich erst im Rentenalter die neue Wohnung beziehen. Aber nach 5

Jahren Bauzeit wurde es 2010 sofort zu unserem Zuhause. Wir wollten keine fremde Person in das Haus einziehen lassen. Nach dem Tod des Architekten erwarben unser ältester Sohn Jens und Schwiegertochter Jule die Wohnung des Architekten und zogen nach kurzer Renovierung 2019 ein. Er war das nächste Bindeglied für die Ahnen.

Schon in der ersten Nacht in den neuen vier Wänden, hatten beide wilde Träume. Sie konnten sie nicht mehr ganz wiedergeben, aber eins stand fest: die Ahnen hatten sie begrüßt und hießen sie willkommen.

Eine Nacht später, hatte ich einen sehr turbulenten Traum. Ich träumte, dass Jule schwanger würde und die Seele Johann sich auf den Weg machte, in den kleinen Körper einzuziehen. Er sollte wiedergeboren werden.

Der Traum begann mit meiner 2. Schwangerschaft. Mein Arzt teilte mir mit, dass es evtl. 2 Kinder sein würden. Das Ultraschallbild war derzeit noch nicht klar genug, um in den ersten Schwangerschaftswochen eine hundertprozentige Aussage treffen zu können. Mein Arzt schickte mich mit dieser Aussage ins Wochenende. Da ich schon ein Kind hatte, fand ich den Gedanken nicht erfreulich, 2 Babys gleichzeitig zu bekommen und noch bevor ich wieder einen Termin beim Arzt hatte, stellten sich bei mir Blutungen ein. Ich fuhr zum Krankenhaus und ließ mich untersuchen. Die Oberärztin teilte mir mit, dass die Schwangerschaft beendet sei und ich eine Fehlgeburt erleiden würde. Sie wollte mich stationär aufnehmen. Mein Gefühl sagte mir jedoch, dass ich ein Kind bekommen würde. Irgendwas war geschehen, aber es war nicht das Ende einer Schwangerschaft. Viele Jahre später sollte das Geheimnis gelüftet werden. In einem Traum erlebte ich folgendes:

Ein junger Mann, der meinem jüngsten Sohn sehr ähnlich sah, sagte mir: „Hallo Mutter, erinnerst du dich daran, als du mit meinem Bruder schwanger warst und ins Krankenhaus kamst, weil du Blutungen hattest? Ich bin damals gegangen, weil du dich überfordert fühltest Zwillinge groß zu ziehen. Ich war der wiedergeborene Johann. Mit Marianne bin ich zu dir gekommen. Diesmal ist Marianne als Junge inkarniert und geblieben. Ich wartete in den höheren Dimensionen, um irgendwann wieder in diese Familie geboren zu werden. Jetzt ist es soweit." Johann sagte mir, dass er etwas zu lernen hätte und Marianne nun leben darf, weil sie nur 1 Jahr auf der Erde war. Zum Thema Zwillinge fiel mir das Buch: Drama im Mutterleib, der verlorene Zwilling, ein. Dieses Buch musste ich mir sofort besorgen. Marianne war im Alter von einem Jahr an einer Lungenentzündung verstorben und mir fiel auf, dass mein jüngster Sohn (ehemals

Marianne) immer schnell außer Atem kam und stark an Heuschnupfen erkrankt war. War das ein Mitbringsel aus dem früheren Leben. Hat die Lunge eine Schwäche?

Es vergingen drei Monate. Jedes Mal, wenn ich Jule sah, sah ich ihr tief in die Augen, um zu sehen, ob sich etwas verändert hätte. Eines Tages glänzten Jules Augen. Noch bevor sie wusste, dass sie schwanger war, konnte ich es erkennen. Eines Nachmittags kamen mein Sohn und Jule auf einen Kaffee. Jule trank einen dünnen und mein Sohn wie immer einen starken Kaffee. Ich war ganz aufgeregt und verschüttete mein Glas mit Wasser. Endlich sagte mein Sohn: „Wir haben euch etwas mitzuteilen, wir werden Eltern." Ich sprang auf und umarmte zuerst Jule und dann meinen Sohn Jens. Mein Mann schaute mich von der Seite an. Einige Wochen vorher hatte ich ihm mitgeteilt, dass wir bald Großeltern würden. Er dachte bestimmt, dass ich mal wieder eine gute Vorhersage getätigt hatte, aber nach dem Motto: Glück gehabt, gut getippt.

Ich erzählte aber nicht, dass es Johann sein würde, der sein Leben ordnen müsse. Das wären zu viele Informationen gewesen und meine Familie hätte sich ernsthaft Sorgen um mich gemacht, obwohl sie schon so einiges von mir gewohnt waren. Für mich gibt es ein Wiedersehen mit meinem Zwillingskind, das gegangen ist, weil ich mir Sorgen machte, ob es gut wäre, Zwillinge zu bekommen.

Ob auch mein Sohn einen Baum für seinen Sohn pflanzen wird, der Jahrhunderte überlebt und ob sein Sohn dieses Haus erhalten wird? Er ist schon einmal in diesen Gemäuern 1668 geboren geworden. Wie wird er sich als kleiner Junge verhalten? Hat er ähnliche Interessen wie in seinem alten Leben? Wann wird seine Bindung an die anderen Dimensionen verblassen? Fragen über Fragen kommen mir in den Sinn. Letztendlich wird selten alles geklärt.

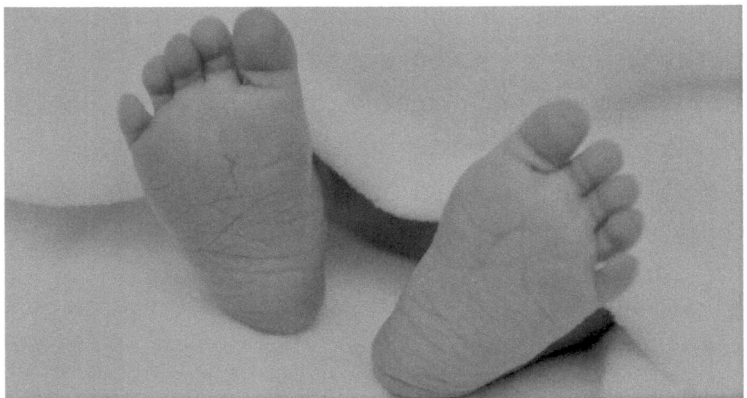

Resümee – Definition

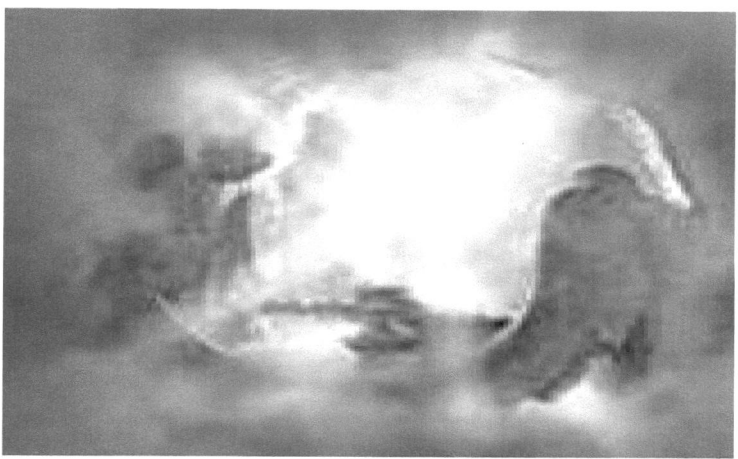

Die andere Dimension hinter dem Vorhang

Es gibt schon seit langem Erkenntnisse darüber, dass die nicht aufgearbeiteten traumatischen Erfahrungen unserer Ahnen sich in den Kindern, Kindeskindern usw. wiederfinden. Warum erleben Familien große Schicksalsschläge und andere Familien nicht? Familiengeheimnisse müssen gesehen werden. Die Ahnen möchten, dass man es sieht und somit verarbeitet und erledigt. Für die Nachfahren wirkt es sich dann nicht mehr aus.

Familie Steurenhoff hat ein schweres Schicksal nach dem anderen erleben müssen, weil irgendwann einmal ein Unrecht geschehen ist, was der Nachfahre auszubaden hat. Ein Bauer wurde enteignet und die Familie von Steuren baute dort ein Haus. Der Friedhof wurde beseitigt und ein neuer Friedhof musste angelegt werden, damit das Zwillingsmädchen Marianne dort zur Ruhe gelegt werden konnte. Dann begann die Zurückweisung des Zwillings Johann nach dem Tod der Zwillingsschwester Marianne. Johann wurde eifersüchtig und fühlte sich verstoßen. Er nahm sich eine viel zu junge Frau, obwohl ein Scheitern der Ehe vorprogrammiert war. Seine Frau wiederum wünschte ihm den Tod, um in Freiheit leben zu können. Josef, mein ältester Bruder, der, aufgrund einer Krankheit meiner Mutter, zu früh auf die Welt geholt wurde, ist vielleicht nicht sofort ins Licht gegangen, um der Familie nah zu sein. Es wurden häufig Zwillinge geboren, was evtl. auch nicht bedeutungslos ist und viele andere Begebenheiten ziehen sich wie ein roter Faden durch die Ahnengeschichte.

Christine wurde von den Ahnen auserwählt, um den Verlauf zu stoppen.

Es geht keine Information eines Menschen verloren. Früher sagte man: „Alles wird in das „Goldene Buch Gottes" eingeschrieben." Heute spricht man von Morphogenetischen Feldern. In diesen Feldern sind alle Informationen aller Generationen vorhanden. Nichts geht verloren.

Der 1942 geborene Biologe Dr. Rupert Sheldrake leistete Pionierarbeit auf diesem Gebiet. Er gab dem Kind einen Namen. Eignet sich beispielsweise ein Angehöriger einer biologischen Gattung ein neues Verhalten an, wird sein morphogenetisches Feld verändert.

Behält er sein neues Verhalten lange genug bei, beeinflusst das die "morphische Resonanz", eine Wechselwirkung zwischen allen Gattungsangehörigen. Somit befindet sich das Universum und die morphogenetischen Felder in einem stetigen Wandel. Welchen Nutzen zieht man aus diesen Feldern für das systemische Familienstellen, was eine Lösung für das Unrecht in einer Familie bringen würde? Das Familienstellen mit einigen Stellvertretern bringt Familiengeheimnisse hervor und durch Lösungssätze wird es bereinigt. Das Aufdecken ist wichtig. Jede Information ist jederzeit abrufbar. Wenn ein Stellvertreter für dich deine Rolle übernimmt, wirst du sehen, dass er sich wie du benimmt und Dinge kennt, die eigentlich nur du kennst. Alle Stellvertreter rufen Informationen aus diesem Feld ab, nur weil sie die Absicht haben z. B. Stellvertreter für Onkel Willi zu sein.

Viele Menschen haben den Platz in ihrer Familie noch nicht gefunden. Sie leben oftmals unbewusst Muster, die nicht ihnen gehören und die sich immer wiederholen. Oft sind wir mit den Schicksalen der anderen Familienmitglieder verstrickt. Daraus können Krankheiten oder seelische Störungen resultieren. Das Aufdecken von Missständen oder Familiengeheimnissen verändert das morphogenetische Feld. Das „Goldene

Buch Gottes" wird verändert. Wir alle sind mit dem Bewusstsein Gottes verbunden.

Christine hat durch die Sanierung des Hauses viele Informationen der Ahnen erhalten und konnte Missstände aufklären. Die Ahnen müssen nicht mehr in die heutigen Generationen hineinwirken, um sich bemerkbar zu machen.

Deine Ahnen können dir eine Quelle der Inspiration sein, der Hilfe und des Schutzes, oder eine Quelle von Schwierigkeiten. Die meisten Menschen haben nicht die geringste Ahnung, wie mächtig die verborgenen Einflüsse der Ahnen auf ihr Leben einwirken. Viele deiner jetzigen Schwierigkeiten, könnten auf deine Ahnen zurückgehen.

Das Sprichwort: „Der Apfel fällt nicht weit vom Stamm!" ist nicht außer Acht zu lassen. Man erhält einen Erbschein der Ahnen, der einem bei der Geburt übergeben wird.

Horche in dich hinein, was ist nicht stimmig und dann schau mal nach, was in deiner Familie in den letzten 100 Jahren so passiert ist. Manchmal „träumen" wir etwas und tun es als Traum ab. Es kann jedoch mehr dahinter stecken als man meint. Wir erhalten auch im Alltag oft irgendwelche Hinweise, die wir aber nicht erkennen.

Unsere Ahnen sind nur hinter einem Vorhang, uns ganz nah.

Unsere Ahnen sind Anker und Kompass zugleich für uns. Sie hinterlassen Spuren. Schon in der eigenen kleinen Familie können ein distanzierter Vater, eine perfektionistische Mutter, ein autoritärer Großvater bei den Nachfahren Schaden anrichten. Ist dieses Kind dann erwachsen, kann das innere Kind durch all jenes verletzt werden, was ihm seine Kindheit zerstört. Es trägt traumatische Kindheitserfahrungen mit sich herum, die sich im Erwachsenenalter manifestieren. Dazu kommen dann die Altlasten der Ahnen, die vor langer Zeit gelebt haben und man kann kein beschwerdefreies Leben führen.

Tust du nur so als gäbe es deine Familie und die Schwierigkeiten nicht, ändert sich energetisch überhaupt nichts. Themen wollen angeschaut und verändert werden. Weglaufen oder ignorieren bringt nichts. Irgendwann, irgendwo holt dich alles wieder ein.

Ohne die Vorarbeit der letzten Generation kann die nächste nicht wirken. Sobald du beginnst zu erkennen, dass jegliches Verhalten deiner Vorfahren dir auch einen Nutzen oder eine Erkenntnis bringt, hörst du auf zu kämpfen. Ihre Aufgabe bleibt bei ihnen und deine kann von dir endlich angenommen werden. Für viele Generationen vor uns ging es ums reine Überleben. Es wurde unter ganz anderen Bedingungen gelebt als heute. Die Maßstäbe waren anders. Manche haben selbst ein schweres Schicksal erleiden müssen und wurden dadurch kaltherzig. Dadurch wurde wieder etwas anderes ausgelöst. Wie eine Perlenkette kommt es dann Perle für Perle zu neuen Gegebenheiten.

Das Schlagwort heißt Vergebung. Ohne Vergebung gibt es keine Heilung. Das heißt nicht, dass du die Situationen und Erlebnisse vergessen sollst, oder musst. Keine Heilung ohne zu vergeben, weder für dich noch für deine Ahnen oder Nachfahren.

In der Bibel unter Lukas 6:37 steht:

Und richtet nicht, so werdet ihr auch nicht gerichtet. Verdammt nicht, so werdet ihr nicht verdammt. Vergebt, so wird euch vergeben.

Dieses Gedicht von Gerrit Engelke habe ich im Internet gefunden. Es drückt vieles aus, was einem einfällt, wenn man ein altes Haus betrachtet.

Die Ahnen des Hauses

Ziegelstein an Ziegelstein mit Kalk und Schweiß geklebt –

Rote, weißgefugte Mauer über Mauern strebt –

Winden knirschen – Hände heben, fassen –

Axtschall – roher Dachstuhl Richtfestbier –

Tür und Fensterglas ward eingelassen –

So wuchsest du in dieser Straße hier:

Kummergraue, fünfstockhohe Mietskaserne.

Achtzigfensterbreite, mit dem Gärtchen schmal davor,

Mit dem Eisentor, der trüben Flurlaterne –

Du Haus, das Jahr um Jahr vom Sonnenprall bemalt,

Von Hagelschnee und Regensturz beträuft, bestrichen,

Von Dämmerung umrauscht, von Winternächten

überschlichen,

Vom Mond, von Gaslaternenschein bestrahlt –

Von Wagenfahrt erschüttert und von Straßenbraus,

Von Kinderschrei, von Werkstattlärm durchzittert,

Von Sterbezimmerschweigen schwül durchwittert –

Du, des kleinen Lebens und des großen Todes Haus.

Wer hat nicht diese Dielen, diese Schwellen schon

beschritten,

Hinter diesen Türen Sorge oder Liebe schon gelitten,

Am Küchentisch das karge Brot gebrochen,

Aus Zeitungen von Krieg und Politik gesprochen –

All des Alltags Wandrer, die hier eingezogen:

Arbeitsmann und junges Weib;

Rentnerpaar, verarmt, vom Leben nur betrogen,

Mit stillem Sinn, erloschnem Leib;

Handwerksmeister mit den sieben lauten Jungen;

Schreiber, Händler, Lehrerstochter, die so gern gesungen

Wieviel schwarze Särge sah man auch hinunter

schleppen.

Wieviel neue Mieter, neue Menschen kamen;

Trugen Möbel, stiegen über diese Treppen,

Andere Familien, andere Gesichter, andre Namen.

Von deren Glück und Fluch und dringlichem Gebet

Der Schatten noch in diesen Räumen weht.

Geist der Väter, die hier feierabendlich versammelt

waren,

O' Geist der herben Mütter, die in diesen Wänden

Kinder einst gebaren,

Kleinkindergeist ins graue Licht der Not gezwängt –

Beschirmt uns unter diesem Dache, da wir wohnen,

Die wir, wie ihr auch einst mit Schweiß und Kraft der

Arbeit fronen;

Seid Ahnengeist, der mit Zufriedenheit beschenkt

Und tiefe Schlummernächte nach dem schweren Tage

senkt.

Und segnet uns das Brot, das heiß erworbene,

Ungekannte, fortgezogne, still verstorbne

Menschengeister dieses Hauses.

Die Bilder unserer Ahnen von Gisela H. Sanders

(Quelle Internet)

Die Bilder unserer Ahnen,

die uns immer wieder mahnen,

dass auch unser kurzes Leben

nicht auf Dauer ist gegeben.

Ihre Mühen, ihre Nöte und Sorgen,

sind auch die unsren - jeden Morgen.

Was sie an Liebe und Hass hatten,

wirft heute bei uns seine Schatten.

Ihre Geschichte, ihr Glück und Erleiden,

können sich von unseren nie unterscheiden.

Sie wirken in uns, sind die gleichen geblieben.

Ihr Leben ist in das unsere geschrieben!

Und alle folgenden Generationen

haben die Ahnen in sich wohnen!

Ohne sie wären wir nicht hier,

warum wir auch, und ohne Gezier

sie alle so nehmen sollen, wie sie waren,

ohne viel unnötig trennende Gebahren,

Abwenden, Aufrechnen und Vergessen.

Wer ist schon so vermessen,

zu sagen: Wir sind von Fehlern frei?

Der sollte herabsteigen von seiner Kanzlei!

Wir sind vom selben Stamm, derselben Mutter,

vom selben Schiff, vom selben Kutter,

vom selben Vater, vom selben Baum,

vom selben Himmel, vom selben Traum.

Und wenn wir uns die Hände reichen

müssen Ängste und Sorgen weichen!

Egal aus welcher Stadt, aus welchem Land,

wir sind doch alle verwandt.

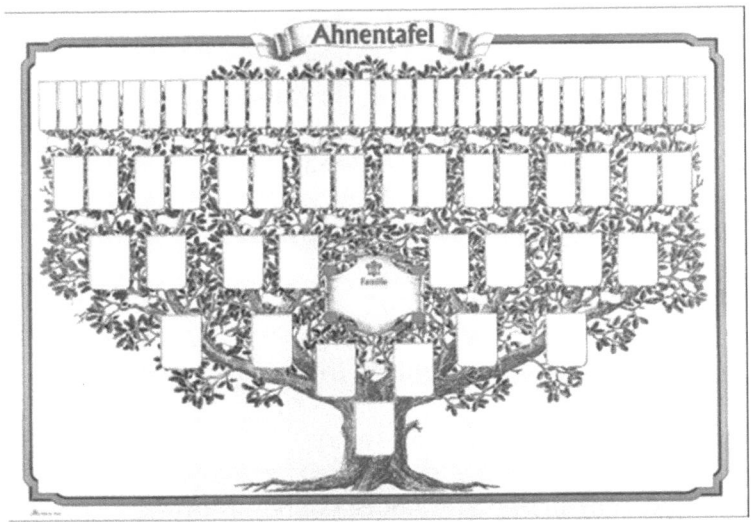

Impressum:

Autorin: Christel Oostendorp

Pseudonym: Christine von Steuren

Erstauflage © 2020 von Steuren, Christine

Herstellung und Verlag: BoD – Books on Demand, Norderstedt, ISBN: 9783751955836